精釀蒙田

U0087255

歐洲北方的文藝復興隨筆集

目錄

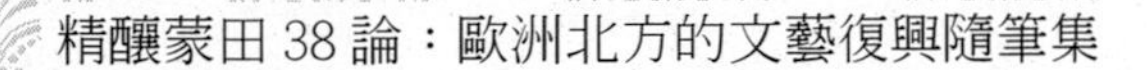

序言

蒙田，法國偉大的思想家、作家，獨具個性的人文主義者。他出身貴族，在政府部門做過十五年的文官。在他三十八歲那年，父親去世，從此他過起了隱居生活，並開始撰寫《隨筆集》。蒙田在散文方面頗有建樹，可謂獨樹一幟。從西元一五七二年開始一直到西元一五九二年去世，在長達二十年的歲月中，他以對人生的獨特體會和深刻觀察，以及對自身經歷和靈魂的演變歷程記錄，陸續寫出了這部舉世矚目的散文集。《隨筆集》是他思想的結晶，給後人留下了極其寶貴的精神財富。

在十六世紀的作家中，很少有人像蒙田那樣受到現代人的崇敬和接受。他是啟蒙運動以前法國的一位知識權威和批評家，是一位人類感情冷峻的觀察家，亦是對各民族文化、特別是西方文化進行冷靜研究的學者。他的文章揭示了豐富的人生哲理，其深度和廣度不亞於任何一個哲學家。他的文章沒有通常所見的哲學術語，他筆下的人物事件，都是可感可知的事情，而且寫得生動活潑、幽默風趣。在書中，他對事物的探討堪稱執著，沒有半點疏忽。他對任何事物也從不輕下定論，總要從事物的正反兩方面去探討，力圖把它看得更明白，更加透徹。

本書是蒙田原著的精選譯本，節選了蒙田《隨筆集》中傳頌了幾個世紀之久的若干篇經典佳作，是蒙田思想的精華總結。書中語言平易通暢、不假雕飾、親切生動、富有生活情趣。內容涉及日常生活、傳統習俗、人生哲理等諸多方面。讀者可以從本書中真實地窺見蒙田的思想、風格及他所生活時代的民情風俗。希望讀者可以從本書中汲取他的思想和藝術精華，收到啟發怡情的功效。

論經驗

沒有什麼渴求比求知更合理。我們試著用各種各樣的方法接近它，當理性推理不足時，我們便運用經驗。經驗是一種比較愚鈍的方法，當然它來得也簡單。但是真理是如此偉大，因此我們不能輕視每一條通向它的道路。理性有如此多的形式，以致我們往往不知道從哪裡下手。我們的經驗也有不少形式，我們從事件的相互對比中得出的結果，往往是不可靠的，因為事情永遠不可能相同。在事物形象中沒有什麼普遍共同的性質，它們都具有分散性和多樣性。

在我們人類製造的物品中，總是有這樣或那樣的差別。沒有什麼藝術能作到完全相似：不管是帕羅賴特，還是其他人。不管那些製牌高手如何精心地打磨牌的背面，總是有些玩牌的人會分辨出不同的牌來，即使這些牌是混在一塊的。相似處使得物體成為自身，但是不同點卻又使它成為另外一個物體。因此，自然創造出來的東西也都是各不相同的。

我們研究一個課題，將其拓展成上千個題目，又加以細分，使其增長，如此我們

便會陷入伊比鳩魯無限量的原子世界中。從來沒有兩個人對同一事物作出相同的判斷，而且兩種見解也不可能完全一樣。不僅不同的人有不同的看法，同一個人在不同的時間裡，看法也會有所不同。

事情與面貌既不會和其他事情的面貌完全相同，也不可能與之完全不同。自然的造化可謂巧奪天工，倘若我們的相貌毫無相同之處，那就會人獸不分；倘若我們的相貌完全相同，人與人就無法辨別。所有事物都靠某種相似性而互相依存，所有範例都不是完善的，而從經驗中得出的東西則永遠存在缺陷。

無論我們從經驗中獲得什麼成果，如果我們不善於利用自身熟悉而且足以造成指導作用的經驗，外來的經驗就很難對我們的制度有所增益。

因而，統治者應該以自己的善心和能力，無條件而全面地對自然規律進行探索，這是很有道理的，因為自然規律不需要太崇高的學識。哲學家們篡改自然規律，給自然的面貌抹上重彩，使其變得矯揉造作，以致出現了單一主題多重面貌的現象。自然給我們雙腳以走路，也給我們生活的智慧來指導我們，這種智慧雖不如哲學家創造的智慧那麼巧妙、那麼強大、那麼華麗，但卻是有益的。在那些有幸懂得如何真誠而有規律地利用自然規律的人身上，即在那些順應自然的人身上，哲學家的智慧能做到的，自然智慧也能做到而且做得更好。把自己交付給自然最簡單的辦法就是明智地順其自然。

一個人只要善於學習，從以往事件中汲取經驗便足以使自我變得更聰明。如果誰能回想起自己過去的極端憤怒，以及狂熱是如何主宰自己的，那麼他就能比亞里斯多德更清楚地看到這種情緒的醜惡，也能更好地排斥這種情緒。如果誰能記得曾經受到過的傷害，以及使他們情緒發生變化的微妙的原因，那他就能為未來的變化和自己的處境作好思想準備。

無論是王侯將相還是平民百姓，一生都會發生很多意外事件。我們就聽聽以上這些話吧，這些都是我們最需要的，如果因為自己的多次錯誤判斷而不再相信自己的判斷力，那豈不是很愚蠢？

一個人僅僅記住自己說的蠢話或做的蠢事是沒有用的，他必須記住自己是個蠢人，這才是具有更重要意義的教訓。如果每個人都注意觀察讓他產生情緒波動的環境以及這種情緒帶來的後果，那麼，他們可以知道這種情緒何時到來，並且可以稍微使

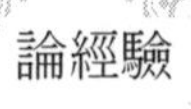

其減緩。這種情緒並不總是突然就抓住了你，而是有其預兆和階段的。

「認識你自己吧」，這樣的建議對每個人都會產生重要的影響，因為智慧和啟蒙之神讓人將這句話刻在他廟宇前，而他也很清楚應該在所有方面引導我們。柏拉圖也曾說過，智慧無非是實行這一建議。在色諾芬尼的著作中，蘇格拉底還對此做了詳細的核實。只有深入研究了各學科的人才會發現其中的難點和疑點，因為只有具備了一定程度的才智基礎，才會注意到一般人疏忽的事。只有推門才能知道門是開是關，由此產生了柏拉圖式的難題：「知者不必探究，因為他已經知道；不知者也不必探究，因為他們不知道探究什麼。」因此，在「認識自己」這個命題上，每個人都果敢自信而且自我感覺良好，自認為聰明過人。其實這正說明人們對此一無所知，正如蘇格拉底告誡厄提戴姆的那樣：「我一無所知，只是覺得學海無涯，因此我在學習上的所得就是深感學無止境。」

人應當謙虛，服從規定，表達主張時冷靜而有節制，對咄咄逼人的狂妄自大敬而遠之。這種狂妄使人只相信自己，是紀律和真理的大敵。聽聽某些人發號施令吧，他們首先提出的建議就是按規格建立宗教和法律。阿里斯塔克斯說過，古代世界上只有七位聖人，而在他的時代，世界上只有七個蠢人，現在，難道我們不比他們更有理由

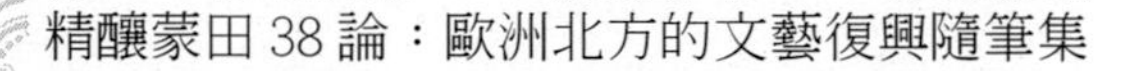

這樣說嗎？肯定和固執是缺乏智慧的表現，那些蠢人每天都會一百次地摔倒在地上，而他們神氣活現的樣子竟然和過去一樣，堅決而自信。

※賞析

時下有不少工作崗位應徵人才時最時興問是否有工作經驗。我禁不住想問，什麼是工作經驗？工作經驗是對以往從事工作的經驗累積、心得體會嗎？倘若真是如此，工作經驗豈不等同於工作經歷？

不否認，以往的工作經驗會使你順利的適應新的工作崗位。但倘若你又以以往的工作經驗對待新的工作，那麼，你的工作會有新的起色嗎，會有突破嗎？毫無疑問，一成不變的工作方式，只會讓你一成不變地複製你的今天。缺乏創新的精神，你便不可能長久的勝任你的工作。蒙田對經驗的看法觀點鮮明：認為用經驗來思考事情那是不可靠的，因為事情永遠不可能相同。

論憂傷

世人老愛將憂傷掛在嘴邊，不僅如此，還總要給它飾以諸如智慧、道德和良心之類的華麗外衣。這樣的行為真是滑天下之大稽。

義大利人稱憂傷為邪惡，這樣的言論實在是太精彩了。因為憂傷從來就是一種有害的品質，總是和空虛、懶惰、懦弱卑小攪在一起，因此，斯多葛派哲人對它特別禁忌。

據說埃及國王普薩梅尼不幸戰敗而做了波斯王康比譯的階下囚，當與他一同淪為階下囚的女兒，提著水桶可憐巴巴地從他身邊走過時，朋友們感傷不已，紛紛落淚，而他卻無動於衷，低頭不語；看到兒子被拉出去處斬，他依然不動聲色。直到他最後一個親信從戰俘中被拖走後，他才開始捶胸頓足，悲痛欲絕。

不久前，一位親王在特朗特接連聽到兩個不幸的消息：一個是他的長兄之死；另一個是他的二哥去世，其長兄是他們家族的頂梁柱，代表著整個家族的榮耀和自豪。

長兄去世後，家族的希望隨之寄託在二哥身上。不料二哥也相繼去世。如此巨大的打擊，他愣是挺住了。幾天之後，一個僕人的死亡，反而令他痛不欲生。有人說，他是被這最後一擊摧垮的。其實，先前的不幸已經把他推到了絕望的邊緣，往後哪怕是一丁點兒的精神刺激，也足以把他摧垮。

有一位畫家留下過一幅伊菲革涅亞獻祭儀式的作品。畫中殉難少女的美麗、清純以及各個層次的描繪，表現得淒楚動人，淋漓盡致，而少女的父親僅是以手掩面。是畫家的功力不夠？還是巨大的悲痛從來就難以表達？！

詩人筆下的尼俄柏是位不幸的母親。她先是喪兒子，繼而喪女兒，接踵而至的喪親之痛，把個活生生的母親變成了石頭。「悲痛將她化為石像。」

奧維德如此描述。

噩耗以迅雷不及掩耳之勢轟然而至，剎那間摧毀我們所有的感覺神經，所謂大悲不言痛，即是此種狀態。然而，巨大的悲痛終於將淚水擠壓出來的時候，它多少會洗去一些哀愁，像化膿一樣帶走爛掉的傷痛。

在布達戰場上（弗迪南與匈牙利國王約翰的遺孀之戰），一匹戰馬馱著一具屍體特別引人注目地奔馳而來。死者生前英勇善戰，表現非凡，深得眾人敬仰。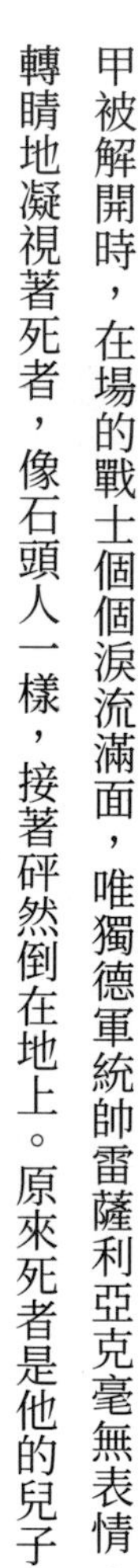當死者的盔甲被解開時，在場的戰士個個淚流滿面，唯獨德軍統帥雷薩利亞克毫無表情。他目不轉睛地凝視著死者，像石頭人一樣，接著砰然倒在地上。原來死者是他的兒子。

不管是喜是悲，只要情感衝動超出常態，人就會變得瘋狂無度、不由自主。那些愛得死去活來的情人，眼見好端端的，陡然間就會覺得若有所失，茫然無措。可以體會且能承受的感情，都是尋常之情。

意外的驚喜也常常如此。

古人記載的有關事例中，有一例讓人覺得不可思議：辯證法大師狄奧多羅斯，因為一時不能解答別人提出的問題，頓感無顏面對學生和聽眾，當場氣死。康比譯曾問魯薩梅尼：「有人為什麼不為兒女的不幸而悲，倒是為朋友的不幸大悲？」答曰：「喪友之痛，痛於言表；喪親之痛，無法可表。」

是啊，過度的憂傷總是讓人喪失理智。因此，我們怎能不多用理性來強化自己

呢？！

※賞析

憂傷是洪水猛獸，一旦突然來臨，便能置人於死地。倘若你一生都在憂傷中度過，它便會慢慢地折磨你，使你失去鬥志、失去信心。

人之一生是不幸的一生。每一個人都應明白，人生於世，隨時都有不幸降臨。輕至意外驚嚇，重至喪親失命，沒有人能預料到接下來會發生什麼。因此，與其充滿憂傷的去面對，倒不如理性的去看待。

論閒逸

我們看見的曠地，倘若土地肥沃，那它必定叢生著各種叫不上名的野草。想要好好利用它，便需把它清理及散播好的種子。正如我們看見的婦人，如果任她們自己，只能產生不成形的肉塊。必定施以良種，然後才能得到自然的好的後嗣。心靈亦然，倘若沒有一定的主意占據著它，把它的範圍約束住，它必定無目標地到處漂流於幻想的空泛境域裡。

靈魂如果沒有確定的目標，它就會喪失自己。因此，俗語說得好，無所不在等於無所在。

一個人倘若隱居家裡，決意在可能的範圍內，不理旁事，閒逸以度這短促的餘生。這似乎對他的心靈沒有更大的恩惠，除非讓它在閒暇裡款待自己，逗留和安居在它自己身上。

讀書能明智，能獲得樂趣。但是，倘若讀得過度，變成書呆子，便只剩興味索然了。此外，可能還會損害身體，而快樂和健康卻是我們最寶貴的，倘若結果竟弄到有損身心的地步，那麼我們就拋開書本吧。

有人認為，從書上所得的彌補不了所失的，這樣的觀點是值得支持的。長期以來感到身體不適、健康欠佳的人到頭來只好聽從醫生的吩咐，請大夫規定一定的生活方式，不復踰越。退隱的人也是如此，他對社交生活失去興趣，及至深感厭煩。他只得按理性的要求設計隱居生活，透過深思熟慮憑自己的見解好好地加以安排。他應當排除一切勞累困擾，不論它以何種形式呈現。他也應當擺脫有礙於身心寧靜的世俗之欲，而選擇最符合自己性情的生活之路。

不管是主持家政鑽研學問，或是外出狩獵，或處理其他事務，都應當以不失樂趣為準則。要注意不要超過這個極限，不然苦便會開始摻進樂中來。

要想保持良好狀態，一定量的學習任務和工作量是必不可少的，這也是避免另一極端即慵懶、怠惰所引起的不適的必須。我們的用功、處事就只應以此為度。

對書本的選擇，當選有趣而且易讀的。因為此類書籍能調劑我們的精神，給我們

帶來慰藉。此外還可以選擇那些能教導我們處理好生死問題的書籍。至於那些艱深難懂的學科，我們不選也罷，留給那些所謂的專家們去探討吧。

我們務須全力抓緊去享受生活的樂趣，消逝的歲月正將我們戀眷的歡樂逐一奪走。

盡情享樂吧，我們只此一生。

明天你只留下餘灰，

化作幽靈，一切歸於烏有。

※ **賞析**

閒逸的最高境界便是做到：「寵辱不驚，閒看庭前花開花落；去留無意，漫隨天外雲卷雲舒。」人生在世，當從容自然，不為外物所牽絆，做到心底無私天地寬，便能上則盡力而為，下則逍遙自在了。

論撒謊

撒謊一詞源於拉丁語，這個詞的定義包含違背良知的意思，因此，只涉及那些言與心違的人。

愛撒謊的人總是將真實的內容掩飾或歪曲事實。但是，當他們經常在同一件事上掩飾和歪曲，就難保不露馬腳。因為事實的真相透過認識的途徑已印入記憶，進而根深蒂固，於是它就會經常出現在我們的想像中，驅逐基石不穩的虛構，而那些最初習得的情節，每次都會潛入我們的腦海，使我們忘記那些曾被我們歪曲過的細節。故而有人說：感到自己記憶不好的人，休想撒謊，這樣說不無道理。至於那些純粹捏造的東西，因為沒有相反的印象來揭穿他們的虛假，他們就認為對自己的胡編亂造可以高枕無憂。

事實上，撒謊因其內容空洞乏味，經不起推敲，很容易自己也記不清楚。有這樣一種人，說話精於隨機應變，善於討上司喜歡。對於同一件事，他們一會兒說是灰色，一會兒又說成黃色。時而在這個人面前這樣說，時而又在另一個人面前那樣說。

如果他們偶然將他們幾次自相矛盾的話當作戰利品拿出來作比較，這一傑出的本領會有怎樣的命運呢？他們會因一時不慎而常常陷入尷尬的境地，因為要記住對同一事物編造出來的各種形式，那需要多好的記性啊！

毫無疑問，撒謊是一種應該遭譴責的惡習，當然善意的謊言除外。我們全靠語言來維持相互間的關係，如果我們對撒謊的危害和醜惡有足夠的認識，對它就會比對其他罪惡更不留情。

人們通常會因為孩子們無辜而不合時宜的過錯而懲罰他們，會因為他們冒失的、但不會造成任何損失的行為而折磨他們。對撒謊和稍為次要的固執，我們更需要時刻提防以防止其萌芽和滋長，這兩種缺點比之不合時宜的過錯更影響孩子們的未來，這兩種缺點隨孩子們的成長而發展。令人吃驚的是，一旦撒了謊，要想擺脫就不可能了。因此，我們常常看見一些其實是很誠實的人，一旦撒了謊，就會一撒到底，再也擺脫不了。

假如謊言和真理一樣，只有一副面孔，我們還可以同它相處得好一些，因為那樣我們可以毫不猶豫地從反面理解撒謊者的話。可是，謊言卻有千百副面孔，無法確定

其範圍。

畢達哥拉斯派的善惡觀認為：善是有限的和可定的，惡是無限的和不定的。千條路都背離目標，只有一條通往那裡。

一位神父說：「寧願與熟悉的動物為伴，也千萬不要和操不同語言的陌生人為伍。」「因此，陌生人經常不被人當人相待。」在社交中，謊言比沉默更難令人接受。

當我們聽到有人譴責我們不說真話時（這已是普遍的弊病），我們會覺得比聽到其他任何譴責更心頭不悅。受到指責後，我們渾身不自在，會勃然大怒、火冒三丈，似乎這樣可使我們減輕一些罪過。

說謊是一個可恥的缺點。一位古人曾深感羞愧地對此描述說：「這是蔑視上帝和害怕人類的表現。」對於說謊的可怕、可恥和怪誕性，不可能有比那位古人更一針見血的描寫了。能想像得出比害怕人類和蔑視上帝更卑鄙可恥的事嗎？話語是溝通人際關係的唯一渠道，說假話，就是對公眾社會的背叛。話語是我們交流意願和思想的唯一工具，是我們心靈的代言人，沒有話語，我們就會互不相識，互不了解。如果話語

欺騙我們，就會使我們的一切關係破裂，使社會的一切聯繫毀滅。

在新印度有一些民族，他們用人血獻祭神祇，但只用舌頭和耳朵的血，以此為聽謊話和說謊話補過贖罪。

一位希臘人說，孩子玩骨頭，大人玩話語。

羅馬人當面罵凱薩，時而叫他小偷，時而稱他酒鬼，他們互相痛斥，無拘無束。在希臘和羅馬，話語只用話語來回擊，不會有別的結果。

※ **賞析**

有人說，假話說一千遍，便成了真理，這顯然是謬論，是胡言亂語。亦有人說，假的真不了，真的假不了。就我個人而言，是同意這種觀點的。撒謊的目的不外乎是騙取他人的信任或打消他人對自己的疑慮。日常生活中，謊言隨處可聞，撒謊者亦隨處可見。甚至可以說，天下沒有不撒謊者，關鍵看這謊言是否給他人帶來危害。因此，可以說撒謊是人之本性，是人性弱點中的一部分，那些整日高歌自己清高者其實便是撒謊大家。

論恐懼

醫生說，沒有任何情感會比恐懼更使我們手足無措。確實，有許多人因恐懼而喪魂落魄，連最沉得住氣的人，恐懼起來也會心慌意亂。按說士兵膽子是最大的，但是，他們不也常常由於恐懼而把羊群當作鐵甲騎兵，把蘆葦和竹子當成執矛騎士，把朋友當成敵人，把白十字架當成紅十字架嗎？

德．波旁攻打羅馬時，守衛聖皮埃爾鎮的一位旗兵，一聽到警報就嚇得丟了魂，趕緊握著族旗，從一倒塌的牆洞裡撲向城外，奔向敵人，還以為是朝城裡跑去呢。波旁以為是城裡的人出來挑戰了，就讓他的隊伍排好陣勢，準備反擊。那旗兵一見德．波旁的隊伍，恍然大悟，立即轉過身，想從原洞鑽進城裡，然而剛才他從那牆洞裡出來後，已朝田野跑出三百多步了。當聖皮埃爾鎮被攻克時，朱伊爾司令官的步兵連也遭致同樣的厄運，因為他們嚇得喪膽銷魂，紛紛從一個炮眼裡跳出城外，被攻城者徹底消滅。就在這一次圍城中，有一位貴族嚇得魂飛魄散，從缺口逃跑時，竟在無一處受傷的情況下倒地斃命。這種被嚇死的事例值得回憶。

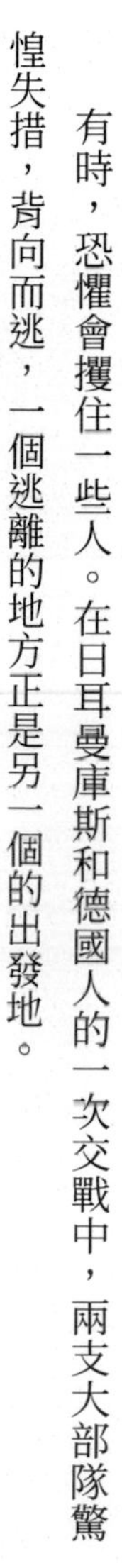

有時，恐懼會攫住一些人。在日耳曼庫斯和德國人的一次交戰中，兩支大部隊驚惶失措，背向而逃，一個逃離的地方正是另一個的出發地。

有時候，恐懼會給我們腳跟插上翅膀，就如前兩例那樣。有時候又會給我們雙腳釘上釘子，使我們動彈不得。

泰奧菲爾同亞加雷納人打仗，在一次戰役中吃了敗仗，他嚇得目瞪口呆，渾身麻木，都不知道要逃跑了：恐懼得連逃命也想不到！直到他的一位主將馬尼埃爾來拽他搖他，彷彿要把他從沉睡中喚醒。對他說：「如果您不跟我走，我就殺死您。我寧肯讓你喪命，也不願見您被捕而喪失帝國。」他這才驚醒。

恐懼在使我們喪失捍衛責任與榮譽的勇氣之後，為了它自己的利益，又會讓我們變得無所畏懼，從而顯示它的最後威力。桑普羅尼奧斯執政羅馬時，在輸於漢尼拔的第一場正規戰役中，萬名步兵驚惶失措，不知從哪裡逃命，慌亂中衝入敵人的主力部隊，奮力拚殺，突圍而出，殺死迦太基人不計其數，以一次光榮的勝利，洗刷了逃跑的恥辱。

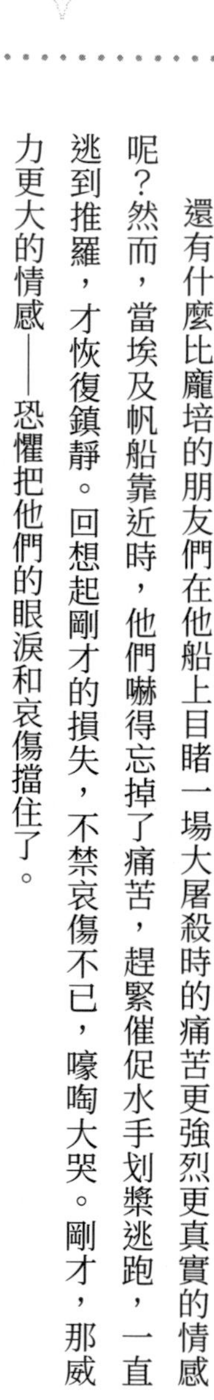

還有什麼比龐培的朋友們在他船上目睹一場大屠殺時的痛苦更強烈更真實的情感呢？然而，當埃及帆船靠近時，他們嚇得忘掉了痛苦，趕緊催促水手划槳逃跑，一直逃到推羅，才恢復鎮靜。回想起剛才的損失，不禁哀傷不已，嚎啕大哭。剛才，那威力更大的情感——恐懼把他們的眼淚和哀傷擋住了。

那些在戰鬥中受傷的人，即便滿身是血，第二天就又被送往戰場。但是對那些把敵人想像得十分可怕的人，可別讓他們去面對敵人。那些老是擔心喪失財產、被放逐或被征服的人，總是生活在憂慮之中，食不甘味、夜不成寐。但那些窮漢、流亡者、農奴卻往往活得跟別人一樣開心。多少人由於忍受不了恐懼而上吊自盡，抑或投河、跳崖自殺。這告訴我們，恐懼比死亡還要難忍難熬。

希臘人認為還有一種恐懼，非理性失誤所致，無明顯的理由，來自上天的衝動。往往整個民族，整支部隊被這種恐懼俘虜。迦太基就曾被這種恐懼籠罩，全國一片恐慌，到處是恐怖的叫喊聲。居民們彷彿聽到了警報，都從屋裡跑出來，互相搏鬥，互相傷害，互相殘殺，就好像敵人來攻占他們的城市了。一片混亂和嘈雜，直到用禱告和獻祭平息了上帝的憤怒。

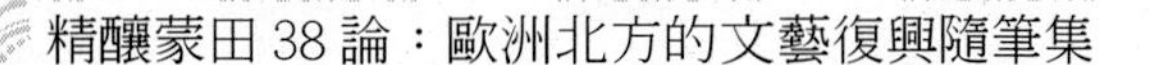

※賞析

老子說：「民不畏死，奈何以死懼之。」人連死亡都不怕了，又怎麼能用死去嚇唬人呢？蒙田文中所列舉的事例，無不表明，人之所以如此恐懼，全因看不透生死的本質。

叔本華說：「人類最大災禍便是死亡的威脅；我們最大的恐懼來自對死亡的憂慮。但倘若我們因懼怕死亡而惶惶不可終日，為這短暫的時間而太過憂愁，為自己或他人的生命瀕臨危險而大感恐懼，實在是再愚蠢不過的事。」

伊比鳩魯對死亡有過這樣的定義，他說：「死是與我們無關的事情，因為我們存在時死亡不會降臨，等到死神光臨時，我們就又不存在了，即使喪失了什麼，也不算是災禍。」因此說，恐懼純粹是盲目的意志產生的一種衝動。

論節制

我們的手帶有一股邪氣，原本美好的東西一經觸摸、擺弄便會變得醜惡不堪。要是我們懷著過度熱切強烈的慾望將德行擁進懷裡，這德行就會在我們的摟抱下變成為惡行。有人說，德行是絕不會過度的，因為過度了就不成其為德行了。

這是微妙的哲理：喜善可能過頭，行義亦可能過度。正如真理前進一步便成了謬誤一樣，這裡正用得著這句聖徒之言：「不可以過度明智，只可以適度明智。」

射不到靶心的射手和脫靶的射手一樣，都不算命中。突然間迎上強光與一下子步入陰影一樣，都會令人眼花繚亂。在柏拉圖的對話集裡，加里克萊曾說，過度的超脫有害無益。勸人不可迷信超脫而越過有益與無益的界限。適度的超脫討人喜歡，但超脫下去終究要弄得人性情乖戾染上惡癖，使人蔑視宗教法律，討厭禮貌交談，厭惡人間作樂，無法辦理公務，不能助人自助，只配眼睜睜地遭人唾罵。過度的超脫會束縛我們天生的坦誠，以令人生厭的玄言奧語引得我們偏離造化為我們開闢的康莊大道。

我們疼愛妻子是十分正當的，但神學仍然要加以約束和節制。聖．多馬著作的一處譴責近親結婚的作品中說，對這樣一位妻子的疼愛會有不加節制的危險。假如丈夫的愛已經達到了應有的完滿，再添上親情，這份額外的情感無疑會使丈夫超越理性的界限。

婚姻是一種嚴肅虔誠的行為，這便是為何婚姻帶來的樂趣應該是有節制、穩重且又帶有幾分平淡的、應該是較為慎重認真的。由於婚姻的主要目的是繁衍後代，有人就提出疑問：「假如我們沒有生兒育女的希望，假如我們的妻子過了生育年齡或者已經懷了孕，那是否還允許將她們擁進我們的懷抱呢？」按照柏拉圖的說法，這樣做等於行凶殺人。有的民族，尤其是穆斯林十分憎惡與懷孕的女子同房，也有若干民族反對與在經期中的女子同房。

羅馬皇帝埃利烏斯．維魯斯的皇后抱怨他隨便寵幸別的女人。他回答說，他這樣做是出於真誠的動機，因為婚姻代表著榮譽與尊嚴，而不是指胡鬧與淫亂。以前，我們經文的作者們曾經推崇一位不願助長丈夫的縱慾而離棄丈夫的妻子。總之，在我們看來，任何正當的求歡取樂，一旦過度和無度都應受到責備。

然而，人又是可悲的動物。出於天性，他很難做到自始至終僅僅享受單一的樂趣，他會煞費苦心地用言語去減損它。

人的智慧在十分愚蠢而又別出心裁地設法減少和沖淡著我們應享的樂趣，同時，它也在巧妙而又令人愉快地製造種種假象，向我們美化和掩飾醜惡，使我們對此感覺遲鈍。

※**賞析**

古人云：「世上的事情都有一個恰到好處的分寸。因此，有一分謹慎就有一分收穫，有一分疏忽就有一分丟失，十分謹慎就完全成功。」

塞涅卡說：「服從理智就是讓萬物從屬於你。」節制是自身力量的體現，透過節制而預防危害是明智之舉。

論友誼

人類鍾情於交往超過任何其他活動，這或許是本能賦予我們的。亞里斯多德曾說，最好的法官把友誼看得比正義還重要。友誼各種各樣，通常由慾望、利益、公眾或私人的需要建立和維繫。因此越是摻雜著其他的動機、目的和利益的友誼，就越難有其美好和真誠的東西，也就越無友誼可言了。

從古到今，友誼有四種：血緣的、社交的、禮儀的和男女愛情的，不論是單獨的或是聯合在一起的都不是在此要談的完善的友誼。

為何說父子之間沒有友誼，因為孩子對於父親，多半是尊敬。友誼需要交流，父子之間差距很大，難以有這種交流，也許還可能傷及父子間天然的義務。父親不應向兒子袒露所有內心的祕密，以致父子間產生不適宜的關係；同時兒子也不能責備和指出父親的錯誤，這是友誼最重要的職責。

將男女的愛情和友誼相比，儘管前者出自於我們自由的選擇，也並不屬於友誼之

列。儘管愛情的火焰更活躍、更熾熱、更勇猛，但那卻是輕率、搖曳不定的火焰。它忽冷忽熱、變化多端，讓我們處於緊張之中。然而在友誼裡卻是一種普通的溫熱，它平穩寧靜、持久不變；它溫柔平和，不會讓人感到傷痛和難受。但在愛情裡，我們有的是一種想急切去追求得不到的東西的狂妄。

愛情倘若進入友誼階段，也就是說，進入彼此賞識階段，它便會慢慢消退、進而消逝。愛情以身體的愉悅為目的，一旦滿足了，便不復存在；但是友誼越讓人嚮往，就越被人享用。友誼在得到之後便會進一步滋長、健壯、發展，因為它是精神上的，心靈也會由此而得以昇華。

至於婚姻，那更是一場貿易。其中只有人口是自由的，它的延續是強迫性的，取決於我們意志以外的東西，而且這種交易通常會包含其他的動機和目的。此外還要解開無數複雜難解的情結，這些足以破裂夫妻之間的關係並擾亂感情的進行。然而友誼除了自身之外，不涉及其他任何的交易存在。

我們通常所說的朋友和友誼，是由心靈相通的機遇相連結的頻繁交往與親密無間。

羅馬執政官們在處死提比略．格拉庫斯之後，繼續迫害與他相識的一些人，他最要好的朋友凱厄斯．布洛修斯便是其中之一。萊利馬斯當著羅馬執政官的面，問布洛修斯願意為朋友做些什麼，布洛修斯的回答是一切事情。萊利馬斯又說：「什麼？一切？如果他要你燒掉我們的神廟呢？」布洛修斯反駁說：「他絕不會要求我做這種事的。」「但他堅持這樣要求了呢？」萊利馬斯接著問。布洛修斯答道：「那我會照辦的。」據史書上記載：假如布洛修斯是格拉庫斯真正的朋友的話，他不需用後一句大膽的回答來頂撞執政官，也不應該放棄對格拉庫斯人格的信任。但是譴責他言詞具有煽動性的人，並不懂得其中的祕密，也不知道布洛修斯所持的看法。實際上他倆相交甚深，由於深交，他們相互信任，相互欽佩。讓道德和理性來引導這種信賴，你就會發現布洛修斯應該這樣回答，假如他們的行動和思想不一致的話，那麼，他們就不再是朋友了。

千萬不要把普通的友誼和這裡所提的友誼相提並論，倘若將兩者混為一談，便會很容易出錯。對於一般的友誼，人們就像提著智慧的繩索小心翼翼地前進，繩索須小心地呵護才不至於出現可能的斷裂。「愛他，就要想到有一天你會恨他；恨他時又要想到你可能會再次愛他。」奇隆這樣說道。這一規則對崇高的友誼而言是極其令人厭

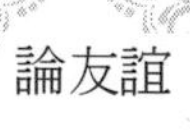

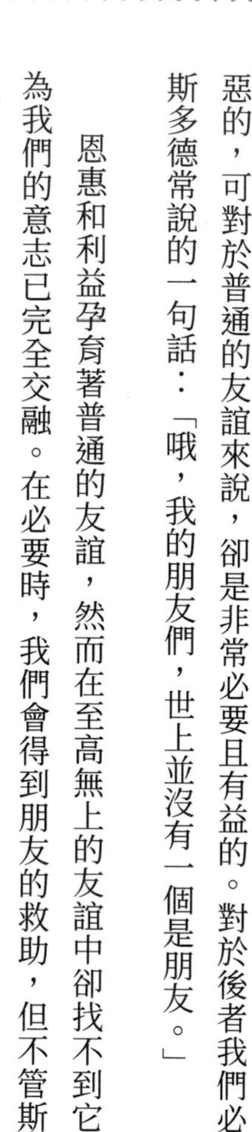

惡的，可對於普通的友誼來說，卻是非常必要且有益的。對於後者我們必須用上亞里斯多德常說的一句話：「哦，我的朋友們，世上並沒有一個是朋友。」

恩惠和利益孕育著普通的友誼，然而在至高無上的友誼中卻找不到它的蹤跡，因為我們的意志已完全交融。在必要時，我們會得到朋友的救助，但不管斯多葛派如何宣稱，我們的友誼卻沒有因此而有所加深。我們也不會因為自己盡了什麼職責而感到慶幸。朋友這樣的結合，才是真正意義上的完美。朋友間沒有了義務的感覺，他們所討厭的引起分歧和爭端的字眼，如利益、義務、感激、祈求等等都從他們的視野中消失了。其實，他們間所有的一切，包括意志、思想、觀點、財產、妻子、兒女、榮譽和生命，都是共同擁有的。他們行動一致，依據亞里斯多德的定義，他們是一個靈魂占據兩個軀體，所以他們之間不能給予或得到任何東西，這就是為什麼立法者們為使婚姻與這神聖的友誼有某種想像上的相似，而禁止夫妻雙方相互饋贈。以此我們可以推斷所有的一切都應屬於夫妻雙方，彼此間沒有什麼東西是可以分開的。

普通的友誼是可以分享的。你可以欣賞這個人的美貌，那個人的風流和智慧；你也可以喜歡這個人慈父般的胸懷，那個人兄弟般的情誼，如此等等。然而至高無上的友誼卻統領和控制著我們的靈魂，是不可以和別人分享的。假如兩個朋友同時求你幫

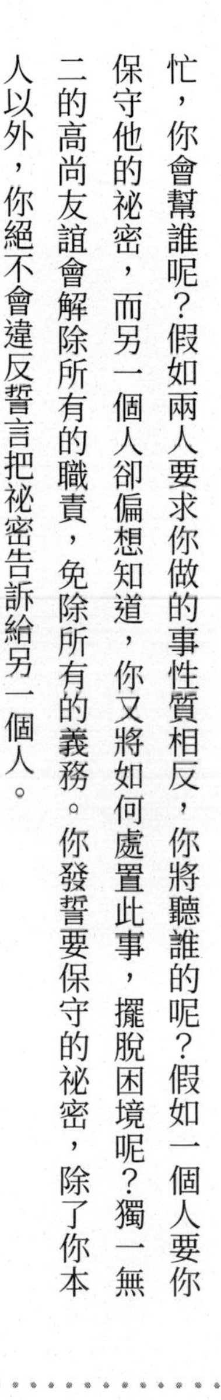

忙，你會幫誰呢？假如兩人要求你做的事性質相反，你將聽誰的呢？假如一個人要你保守他的祕密，而另一個人卻偏想知道，你又將如何處置此事，擺脫困境呢？獨一無二的高尚友誼會解除所有的職責，免除所有的義務。你發誓要保守的祕密，除了你本人以外，你絕不會違反誓言把祕密告訴給另一個人。

一個人能夠一分為二已經是非常令人驚奇的了，那些想把自己一分為三的人真的就不知天高地厚了，世上獨一無二的東西都不會是相同的。

古人米南德認為，只需遇見朋友的影子便算是幸福的了。

※賞析

友誼能使情感由暴風驟雨轉為朗朗晴天，它也能使人擺脫陰鬱紛亂的思緒而豁然開朗。

古人說：「朋友是另一個自我。」人生有限，壽命難卜、心願難了，如有摯友，則不必擔心身後無人照料，許多工作可以由朋友代辦。

培根說：「當一個人自己無法辦妥某事，又沒有朋友相助，他就該退出舞台了。」

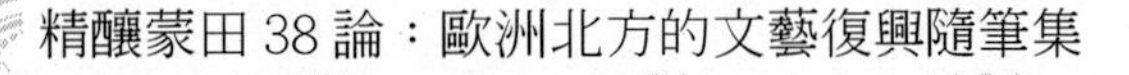

論榮譽

對榮譽給人帶來的影響很多人有過自己的觀點，有對榮譽持肯定態度的，亦有持否定態度的。

最早也是最堅定主張蔑視榮譽的人是克里西波斯和第歐根尼。他們說，在所有快樂中，最危險、最應該避免的莫過於他人的讚美帶給我們的快樂。事實上，有經驗的人們已經認識到了它的危害：對王儲們毒害最深的莫過於阿諛奉承；邪惡的人們最容易取得信任和好感的方法也莫過於阿諛奉承；要引誘婦女失貞，最合適最常用的方法，就是用讚美來哄騙她們、取悅她們。妖女們首先就是用這種魔力來誘惑尤利西斯的：

「來啊，尤利西斯，希臘最榮耀的人。」

這些哲學家說，即使能得到全世界的榮譽，聰明的人也不會向它伸出一個手指頭：

「最大的榮譽如果只是榮譽，那又算得了什麼？」

這也是伊比鳩魯最主要的學說之一，因為他的學派的格言是「過隱居生活」，禁止人們公開交流和擔任公職，這也就必然會對榮譽產生蔑視，因為榮譽是眾人對我們在公開場合所做善事的稱讚。他要我們過隱居生活，只把自己管好，這樣才能使我們不為人所知，使我們不為人所尊敬和褒獎。他還建議伊多墨紐斯不要依據眾人的意見和觀點行事，除非是為了避免因為蔑視他人而帶來麻煩。

事實上，這些話是非常正確、很有道理的。但有一點困惑我們的是：我們本來不信的事情，後來也會信以為真；我們所譴責的事情，我們也會違心去做。

卡涅阿德斯是持反對意見的主要人物。他認為，榮譽之所以令人嚮往，在於其自身。就如跟我們處理身後事，僅僅是為了這些事情本身一樣，因為我們既不了解也無法享用身後事。這種觀點得到普遍認同，因為人們往往樂於接受最能投其所好的觀點。亞里斯多德把榮譽看做是身外之物中最重要的，但避免走兩個極端，既不過度追求榮譽，也不過度迴避榮譽。西塞羅熱衷於追逐榮譽，他一旦下定決心，就會像那些人一樣走向極端，他認為人們所垂涎的並非美德本身，而是與之如影隨形的榮譽。

美德如果無人知曉，那就和沒有美德相差無幾。這種觀點大錯特錯，令人感到不可思議的是，這種觀點竟出自一位哲學家的頭腦。假若這種觀點也是正確的話，那麼，除了在公共場合之外，人們就不再需要美德了。

心靈是美德真正的所在位置，心靈的活動也只有在被他人所知曉時，我們才對它們加以控制和約束。卡涅阿德斯說：「假如你知道一條蛇藏在某個地方，有個人不知道就在那裡坐了下來，而你又認為這個人的死會給你帶來好處，這時如果你不提醒他注意，那你就做了件惡事，而且因為這樣的行為只有你一個人知道，所以就會顯得更加惡劣。」如果我們不行善，如果我們沒有受到懲罰就意味著我們做得正確，那麼我們每天不知要幹出多少壞事。

單純的追求榮譽而發揚美德的行為是值得予以批判的。我們給榮譽定位並將它與運氣區別對待，如果我們這樣的努力也是徒勞無益的話，那還有什麼比成名更出乎意料呢？行為之所以被人知曉，完全是由於偶然的運氣，機遇完全不由我們控制，說不準什麼時候就會給我們帶來榮譽。榮譽超過功績，甚至大大超過，這樣的情況屢見不鮮。第一個把榮譽比做影子的人所做的是超出他預料的事。首先，這兩者都是極其虛幻的，其次，和影子一樣，榮譽會出現在身體之前，有時甚至比身體還要長得多。有

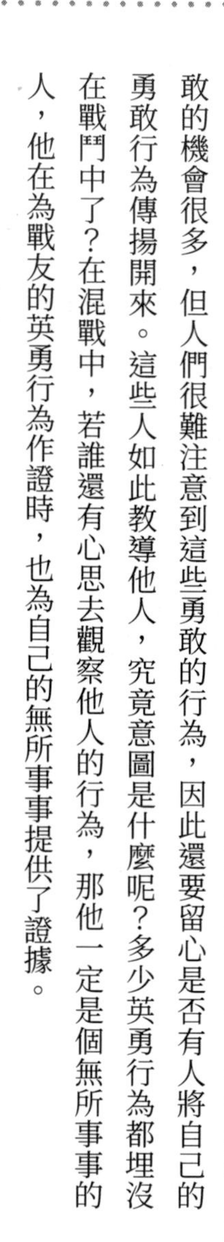

些人教導他人：表現勇敢只是為了榮譽，如果沒有人看見就不要去冒險。儘管表現勇敢的機會很多，但人們很難注意到這些勇敢的行為，因此還要留心是否有人將自己的勇敢行為傳揚開來。這些人如此教導他人，究竟意圖是什麼呢？多少英勇行為都埋沒在戰鬥中了？在混戰中，若誰還有心思去觀察他人的行為，那他一定是個無所事事的人，他在為戰友的英勇行為作證時，也為自己的無所事事提供了證據。

在一場暴風雨中，一位古代水手對海神說：「哦，海神吶！只要你願意，你就能讓我活命；只要你願意，你也能讓我喪命；但我仍牢牢把握著我的船舵！」在當今社會，有很多人靈活善變、世故圓滑。他們也許能在短時間內獲得榮華富貴，但最後的結局終將逃不掉悲慘的命運。

波勒斯在出發去馬其頓進行那次光榮的遠征之前，特別告誡羅馬的民眾，在他不在時，不要對他的行為妄加評論。是啊，任由別人隨意評論將阻礙你成就大事。不是每個人都能像菲比阿斯一樣堅定不移，像他一樣不顧民眾的反對意見。他寧願讓人們虛妄的幻想毀了他的權威，也不願為了獲得好名聲和公眾的讚賞而破壞他的工作。

聽到別人的讚賞，我們總會顯得很高興，但我們也過於重視這些了。

正確的做法應該是不在乎別人對我們的看法，而只在乎我們自己的看法。但丁說：「走自己的路，任由別人去說。」可以做為你的座右銘。外人只看到事物的外表，即使內心充滿擔憂與恐懼，每個人都會在臉上裝出沉著與冷靜的樣子。同樣，別人也看不到你的內心，而只能看到你的外表。人們有充足的理由譴責戰爭中的欺世盜名者，因為對於一個世故老練而又膽小如鼠的士兵來說，有什麼比既能躲避危險又能把自己打扮成英雄更好的呢？其實，有很多辦法可以躲避危險。在我們真正陷入險境前，我們可以欺世盜名一千次，即使真的身陷困境，即使內心忐忑不安，我們也可以用表情來掩飾。

中國有一句諺語說，人不可貌相，海水不可斗量。說的就是根據表象做出的判斷是極其不可靠的。最可靠的莫過於每個人對自己的評價。在那些功勛卓著的人中，有多少功勞是屬於後勤士兵的啊！戰士們堅守的戰壕是別人挖的，一個士兵如果沒有五十個先遣兵為他開路，他又怎麼能建立功勛呢？

我們所說的提高聲望就是讓我們的名字廣為傳頌。我們使大家接受我們的名聲，並期待這樣能帶來好處，這就是追求榮譽的理由。特洛古斯在談到希羅斯特拉圖斯時，以及圖斯．李維烏斯在談到曼利馬斯．卡庇托利努斯時說，他們更關心名聲大不

大，而不是名聲好不好。這樣的想法非常普遍。我們熱切期待人們談論我們，而並不在意他們如何談論，只要我們的名字能被提起，這就夠了。而至於是以什麼方式來談論的，那就不重要了。似乎出名就意味著將生命置於別人的監守之下。

一千五百年以來，法蘭西有成千上萬的人手握武器英勇戰死，但他們當中知名的還不到一百人。不僅統帥的姓名，還有戰役和勝利成果，都埋沒在我們的記憶裡甚至消失了。世界上大部分人的命運因為沒有記載而不為人所知，也沒有留下任何痕跡。希臘人和羅馬人有那麼多作家和見證人，但他們的豐功偉績為我們所知的只是鳳毛麟角。

古代能流傳下來的記載連總數的千分之一都不到，命運根據自己的喜好決定它們生命的長短。人們不會把小事寫進歷史，寫進歷史的只會是統帥。

※ **賞析**

實至而名歸，榮譽公正地展示了個人的德行和價值。為了爭逐名譽而蠅營狗苟，這種人只能成為常人的談論，難以贏得人們由衷的敬仰。

相反，有的人卻才不外露，以致聲名大彰。

論心態失衡

有位很有名的紳士，被疾病折磨得死去活來，他的主治醫生告誡他務必要戒除他最喜歡的鹹肉食品。每當他想起那些鹽醃香腸、豬舌和火腿等臘味而饞涎欲滴的時候，他就聲嘶力竭地把它們臭罵一頓，其慾望便消失了許多。一個人滿懷信心又志在必得去擊打某物，倘若失手未中，就會懊惱異常。

心靈便是如此，一旦失算就會心智大亂，倘若找不到發泄的對象，就會自怨自艾，自我折磨。普魯塔克說，那些喜愛猴子和小狗的人，如果是因為自身的愛心沒有正常的依託，這種愛與其說是聊以自慰，毋寧說是矯揉造作。

我們發現，心靈的激情往往偏向於自欺欺人，常常杜撰出一個虛無的目標，甚至於背離自己的信仰。其結果不言而喻，那純粹是無的放矢。野獸發狂的時候，會撲咬傷害牠們的石頭或器械，甚至還會反咬自己，把無可奈何的傷痛發泄在自己身上。盧卡努斯有句話說得好：「被標槍擊中的母熊，瘋狂異常，帶著傷痛，向刺來的矛頭猛攻。」

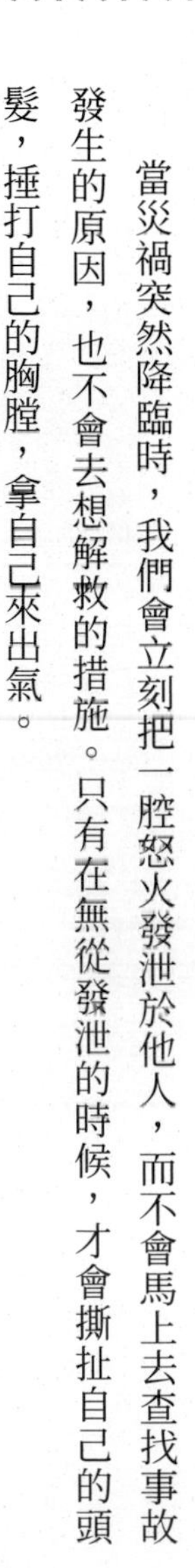

當災禍突然降臨時，我們會立刻把一腔怒火發泄於他人，而不會馬上去查找事故發生的原因，也不會去想解救的措施。只有在無從發泄的時候，才會撕扯自己的頭髮，捶打自己的胸膛，拿自己來出氣。

里維談到羅馬軍隊在西班牙失去他們的好兄弟——兩位舉足輕重的將領時說道：「全體官兵抱頭痛哭，泣不成聲。」這是人之常情。

哲學家馬里翁講了一個笑話，說某國王因某事傷心，傷心得將頭髮一把一把地揪掉。「莫非他真以為禿頂可以免除悲傷不成？」賭徒賭輸了錢就吃紙牌、吞骰子，在賭場上也不是什麼新鮮事情。居魯士渡底格里斯河時因為受了驚嚇，令所有士兵咒罵該河數日；卡利古拉拆毀好端端的一座宮殿，只因為其母曾被囚禁於此。有一位國王，因被上帝懲罰，便起誓報復，宣布在他的領地裡，十年不禱告，不奉神，連神名都不許提及，只要他還是國王，就不信這個神。故事的寓意在於顯示其民族自尊心，不在於國王的愚昧無知。但是，自負和愚蠢又常常是相輔相成的。奧古斯都．凱薩在海上遭暴風雨襲擊，遷怒於海神涅普頓，在奉神大典上，把涅普頓從諸神牌位中扔將出去，以泄其憤。更有甚者，瓦魯斯將軍兵敗德國，奧古斯都悲憤欲絕，以頭撞牆，狂呼道：「瓦魯斯，還我軍團！」如此行為，實為愚不可及。如同色雷斯人，遇到打

雷閃電就向天上射箭，警示天神不要胡作非為。

※ **賞析**

引起心態失衡的罪魁禍首便是憤怒和嫉妒。消除心態失衡的辦法莫過於針對心態失衡的結果及其對正常生活的破壞，做出認真的、深刻的反思和省察。最好的時機，是在心態失衡完全平息之後。有一句話說：「心態失衡就像坍塌的建築，倒在地上把自己摔得七零八落。」《聖經》教導我們「要常存忍耐」。無論是誰，失卻了忍耐便會引起心態失衡。

論勇敢

人是一種很奇怪的動物，有時候會有一種智慧和一種情感或者是一種果敢精神出乎意料地湧現出來，此種品質在日常生活中幾乎沒有任何跡象。

人，無所不能，有時甚至超過了神。正像某人說的，此時人已進入無我的狀態，超越出他那原始的狀態。這個時候，人的低能和脆弱被上帝的力量和堅定所替代，只不過，這僅僅是一種間歇性的偶然。

綜觀昔日的英雄人物，在他們的一生中，時而爆發出超自然的壯舉，這種英雄壯舉，遠遠超出了凡人的自然力量。但是，這也僅僅是時而爆發，並非時時發生。

毋庸置疑，此種超自然的力量會在人的身上扎下根來，且成為人的自然狀態，在尋常的生活中時時表現出來。有時，我們聽了別人的演講，或者是看了別人的榜樣，我們的心頓時為之所動，一股激情升騰而起，遠遠超出了常態。但是，這種感情衝動，也僅僅是一時的衝動，它很快便會不知不覺地平息下來，回覆到原來的狀態之

中，仍然為普通平凡的事情所左右。我們飼養的一隻小鳥忽然間死了，我們手中的杯子不小心掉到地上，也會把我們嚇一大跳。人，雖然有諸多缺陷，卻什麼事情都能做到，但是，偏偏就做不到有條不紊，持之以恆。因此，哲人賢士說，要想正確判斷一個人，不可只看他的一時一事，而要看他平常生活中的所作所為。

人的行為，有時受命運的影響。命運這個問題總會隨時出現，任何事情的發生和發展，都是命運使然，不可避免地要受到命運的支配。我們一向認為：「因為上帝預見到所有要發生的事情，這些事情也就這樣發生了。毫無疑問，上帝預見的事情是必然會發生的。」我們的老師說：「我們看見的事情，上帝早就看見了（因為萬事萬物盡在他眼前，與其說是預見，不如說是看見。），事情的發生是自然而然的，不是強迫做出來的。因為事情發生了，我們便看見了，而事情不會因為我們看見了才發生。也就是說，事情的發生使我們看見了這件事情，事情若不發生，我們便看不見這件事情。我們看見了的事情，也就是發生了的事情，但是，一件事情可能以這種形式發生，也可能以那種形式發生。上帝對萬事萬物都一目瞭然，在上帝的一覽表中，寫著有意識的事件和無意識的事件，給了我們自由選擇的餘地，他知道，我們沒有看見某事的發生，不是因為我們看不見，而是因為我們不想看見。」

戰場上，很多指揮官用命運決定一切這種觀點去激勵他們的士兵：人在何時死，早已由命運決定，我們的生命不會因為敵人的槍炮或自身的勇敢而縮短，也不會因為膽小怕死而延長。這話掛在嘴邊說說倒也不難，而要讓它深入人心，就不容易了。尤其是到了我們這個時代，即使是那些堅信我們信仰的人，也多是把他的慷慨陳詞掛在嘴邊，很少放在心上。這樣的話用來訓導別人可以講得振振有詞，而自己卻不會怎麼去理會它。

儒安維爾先生是一個可信的人，他給我們講述過貝都因人的故事。貝都因人混居在撒拉森人之中，他們的宗教認定，每一個人的壽命都取決於不可改變的天命。他們上戰場時，除了攜帶一把土耳其式的刀劍，穿一件白色襯衫外，再無別的防護器物。他們罵人最常用的話就是：「你這縮進烏龜殼的怕死鬼。」這說明他們言行一致，和我們大不一樣。在我們父輩那時，有兩個佛羅倫斯的化緣修士，因見識不同，發生了激烈的爭論，爭執不下，便約定當著眾人的面，跳入火中，以證明自己堅定的信念。諸事張羅完畢，他們剛要跳入火中的時候，一件意想不到的事情阻止了他們的行為。一位土耳其貴族青年在穆拉德與匈雅提的戰爭中，表現得異常勇敢，立下了顯赫的戰功。穆拉德不免覺得有點驚詫，這樣一個毫無戰爭經驗的毛頭小夥子（這是他第一次

上戰場），何以如此英勇善戰？得到的回答是，教會他勇敢的是一隻野兔。他說：「有一天，我去打獵，看見一隻野兔，當時隨我出獵的還有兩條優種獵犬。為了保險起見，我決定先射中牠再說，於是便搭箭上弓，一連射了四十箭，所有的箭都已射光，不但未傷及牠一根毫毛，而且牠居然是不驚不懼。我放出獵犬，仍然像我放出去的箭一樣，派不上一點用場。我終於明白過來，牠的命神在守護著牠。由此我想到，刀槍箭能否擊中我，那是由我的命運決定的，天不滅我，誰也奈我不何，天要收我，怎麼躲也躲不過。」這個故事讓我們看到，世間萬物多姿多態，只要是存在的，就是合理的。

土耳其的歷史學家說，土耳其人的信仰十分堅定，從不動搖。他們認為生死有命，從不為自己的生命操心分神，這使他們面臨任何危險都無所畏懼。奧蘭治親王被刺一案，兩個謀殺者表現出的決心和勇敢，令人尤為欽佩。第二個謀殺者的行為更是令人驚嘆有加。他的同謀第一次去刺殺奧蘭治親王時，雖然竭盡全力，結果是落得個慘遭失敗的下場。親王遭此襲擊，早已戒備森嚴，他所到之處，必有身強力壯的保鏢隨身護衛，客廳裡有衛兵，城中百姓又很擁護他。在這種情況下，第二個謀殺者居然還敢再冒風險，前仆後繼，不達目的誓不罷休。顯然，必死的決心激發出超人的勇

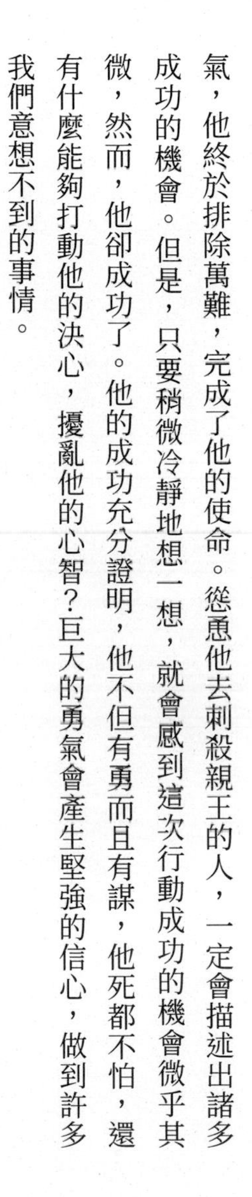

氣，他終於排除萬難，完成了他的使命。慫恿他去刺殺親王的人，一定會描述出諸多成功的機會。但是，只要稍微冷靜地想一想，就會感到這次行動成功的機會微乎其微，然而，他卻成功了。他的成功充分證明，他不但有勇而且有謀，他死都不怕，還有什麼能夠打動他的決心，擾亂他的心智？巨大的勇氣會產生堅強的信心，做到許多我們意想不到的事情。

※賞析

對於見多識廣的人來說，勇敢的人只是一種作為消遣的笑柄。即使對普通人而言，勇敢者的某些行為也是有點離譜的。

蒙田對勇敢的論說，我不敢苟同，倘若對不怕死便可以用勇敢來褒揚之，我看還不如說他們比較魯莽更為貼切。說命運由天注定，那更讓我不敢恭維了。行文至此，眼前掠過一幕幕電影場景，那些赤著上身，舉著砍刀、高喊著刀槍不入的人紛紛喪生在對手槍炮之下。這樣的行為叫勇敢嗎？他們的死去，是上帝對他們的拋棄嗎？不要再自欺欺人了，

還是記住大思想家培根的話吧：「勇敢永遠都是盲目的，因為它看不到將要面臨的危險和麻煩！」

論習慣

有這樣一個故事，故事敘述一個村婦有一頭牛，牛一出世，她就把牠抱在懷裡輕撫，從此一直堅持，終於成了習慣，待牛長大後，她依然要把牠抱在懷裡。

事實上，習慣是一個粗暴而陰險的教師。它悄悄地在我們身上建立起權威，起初溫和而謙恭，時間一久，便深深扎根，最終露出凶悍而專制的面目，我們再也沒有自由，甚至不敢抬頭看它一眼。我們看到習慣時常違反自然規律。

柏拉圖訓斥一個玩骰子的孩子。那孩子回答說：「你為這點小事就訓我。」柏拉圖反駁道：「習慣可不是小事。」

習慣在我們思想上一無阻攔，從它給我們的奇特印象中可以更好地看出它的效果。習慣會影響我們的觀點和信仰，難道還有什麼看法比習慣灌輸的看法更離奇，更怪誕的嗎？（宗教赤裸裸的欺騙排除在外，多少偉大的民族，多少自命不凡的人物都沉迷於宗教，它們是不受人的理性控制的，因此，那些沒有被上帝的恩寵特別照耀的

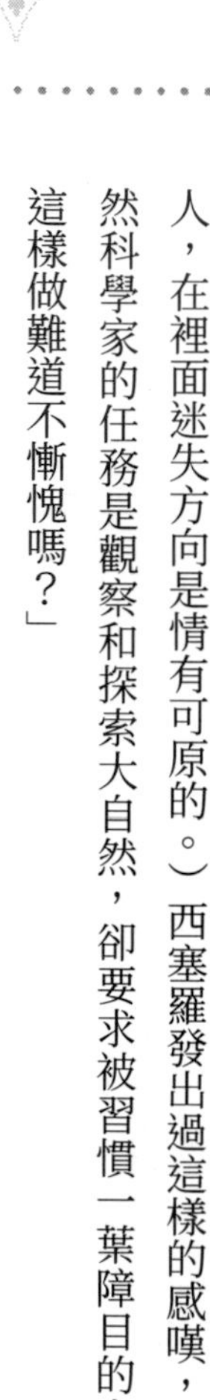

人，在裡面迷失方向是情有可原的。）西塞羅發出過這樣的感嘆，我看不無道理：「自然科學家的任務是觀察和探索大自然，卻要求被習慣一葉障目的人為真理提供證據，這樣做難道不慚愧嗎？」

奇蹟的存在並不是出於大自然的狀態，而是因為我們對大自然所知甚少，習慣使我們的判斷力駑鈍不敏。蠻人於我們一點也不比我們於他們更怪誕，也沒有理由更怪誕。

總之，習慣無所不做，無所不能。

習慣力的最主要效果就是攫住和蠶食我們，一旦進入我們身上，就把我們緊緊抓住，並且深深扎根，為它的法令說理和爭辯。的確，從我們出生後吃奶時起就有吸吮習慣了，我們首次看到的世界就是這般面孔，我們似乎生來就為了照習慣辦事。那些在我們周圍頗有市場、被我們祖輩注入我們心靈的成見，似乎是普遍而自然的思想。

不符合習慣就認為不符合理性這是極不合理的。如果人人都像我們那樣研究自己，聽到一句正確的格言，就立即看一看它在哪個方面適合自己，那他就會發現，這句格言與其說是機智詼諧的話，不如說是對成見的猛烈鞭撻。然而，人們接受警句和箴言似是為了告誡人民，而不是勸告自己，因此不是將它們融入自己的習慣，而僅僅是裝進記憶中，這種做法是極其愚蠢和絕對無用的。言歸正傳，繼續來談習慣的權威。

受自由和自主思想培育的人民，認為任何統治形式都是可怕的，是違背自然的。習慣於君主制的人民也一樣，不管命運為他們提供什麼樣的變革機會，當他們費了九牛二虎之力擺脫了某個君主的討厭統治時，就會趕緊花同樣的力氣為自己安上一個新君主，因為他們不能下決心憎恨君主統治。

有的人因循本國的舊習陳規，還有的人則致力於引導和改變習俗，兩者之間相差甚遠。因循守舊者以平淡、服從和為人師表作藉口，不管他們做什麼，都不可能有惡意，最多也只是不幸。「在經過千錘百鍊而保存下來的光輝古文化面前，誰能無動於衷？」

※ **賞析**

培根說：「人根據動機來思考問題，根據學問和知識來說話或演

講，而他們的行動，則大部分是根據習慣。」可見習慣對人的影響有多大。

蒙田同樣認為，人們被習慣攫住和蠶食。因此說，既然習慣是一種頑強而巨大、可以主宰人生的力量，那麼人們應該透過各種方法建立一種好的習慣，以此來為你服務。

論口才

口才並非每個人都具有。生活中有人伶牙俐齒，說話快捷，隨時能夠臨場發揮，應對自如。也有一些人則慢條斯理，不經深思熟慮，絕不說一句話。正如人們提出女人應根據自身的優點進行形體健美訓練一樣。對於口才，也要因人而定。鑒於當今最需口才的職業是布道者和律師，因此，相應的，說話緩慢者最好去布道，而說話快捷者最好去當律師。因為布道者有足夠的時間進行準備，布道時循序漸進，沒有間斷。而律師的職業需要你隨時加入辯論，對方的反駁無法預料，會把你原先的思路打亂，因此必須隨機應變。

在克雷蒙教皇與法國國王法蘭索瓦一世於馬賽會面時，原來安排普瓦耶，一位享有盛譽的職業律師，向教皇致歡迎辭。律師花了很長時間精心準備，據說在應該致辭的那天還從巴黎帶來了講稿。可是，教皇擔心致辭內容可能會冒犯他身旁其他君王的使者，因此，就把他認為此刻該講的話題通告給法國國王，但與普瓦耶先生準備的恰恰相反。因此，普瓦耶準備好的講稿就派不上用場，需要即席準備另一個致辭。可是，普瓦耶感到力不從心，只得把這個任務交給杜貝萊主教大人。

做律師比布道要難。做事迅速、敏捷是性格所致，而沉著、緩慢則是理性所為。有些人沒有時間準備，就會啞口無言，還有些人有時間準備不會比沒有準備時講得更好，這兩者都讓人不可思議。有人說，塞維呂斯．卡西尤斯不加思考時，講話更加精彩。他並不勤奮，而擅長臨場發揮，他講話時如果受到干擾，只會對他有利，他的對手不敢刺激他，怕他被激怒後更加能言善辯。經驗表明，這種天性與事先勤奮而執著的考慮是不相容的，如果不能自由發揮，就會毫無價值。當然，有些事情具有一定的難度，需要挑燈夜戰，苦心思索。但是，除此之外，越是想把事情做好，或者過於專心和努力，即興發揮的天性就越會遇到阻礙，不能發揮自如，就好像狹窄的通道無法透過洶湧的激流一樣。

這種即興發揮的天性還具有這樣的特徵：它不能受到強烈情緒的震動和刺激。例如不能像卡西尤斯那樣被激怒，因為情緒太激動會講不出話來。它需要的不是震撼，而是激勵，它需要意外、現實和陌生場合的刺激和振奮。沒有任何外界的影響，它只會懈怠拖沓、無精打采，刺激便是它的生命和動力。

※賞析

我們經常遇到這樣的情況：話到嘴邊又嚥下，怕說不好，怕別人笑。話還未開口，早已臉紅心跳；或是闡述一件事情時，語無倫次，顛三倒四，這是口才不佳的表現。

口才可能會影響著一個人人生的成敗得失，擁有好的口才，你便能用三寸不爛之舌退百萬雄師，這樣的典故，歷史上數不勝數；同樣因為口才不佳，口不擇言而命喪黃泉者亦多如牛毛。因此，可以說人生是否輝煌關鍵看口才。

論交往

「量力而為」是蘇格拉底最喜歡的，也是他經常重複的、一句內涵豐富的話。應當將自己的願望引向那些最容易得到，並且與自己的能力最接近的東西。確實，假如我們不去和千百個與我們的命運息息相關，並且是我們不能缺少的人融洽相處，卻一心要高攀我們的交往能力達不到的一兩個人，或者異想天開地追求那些我們無法得到的東西，這不是一種愚蠢的任性嗎？

一個人應善於獲得世間少有的甘霖般的友誼，並能將它一直保持下去。如饑似渴地去尋求志趣相投的朋友，十分積極地投入這種交往，這樣便能給和與你交往的人留下深刻印象。但對一般的泛泛之交，你應有點疏遠冷漠，因為你的言談舉止如果不能像張滿的風帆充分展開就會不自然。

你應該和多層面性格的人交往。因為，這種人既一張一弛，既能上也能下；不管命運把他擺在哪裡，他都能隨遇而安。他能同鄰里聊他的房子，他的行獵情況，乃至他和別人的糾紛；也能興致勃勃地和一個木匠或花兒匠談天；他們能讓最末等的僕役

感到可親、可近，還能以適合下人的方式與他們談話。

你不應該像別人思索如何使自己的思想顯得空靈和高深，而應努力使自己的思想接近淺顯，拔高和誇大是有害的。

斯巴達勇士在戰爭中用柔和悠揚的笛聲來緩解和節制他們的魯莽和狂暴，而其他民族慣用尖厲響亮的吶喊過度鼓動和激發士兵的勇氣。同樣，與此觀點相反的是，在運用我們的思想時，我們更需要的是踏實、沉穩，而不是奔放、昂揚；更需要冷靜和安詳，而不是熱情和激動。在不懂的人中間充內行，說話像煞有其事，是十足的愚蠢。應當把自己降到周圍人的水準，有時不妨裝不懂，收起你的雄辯和精深，在一般的交際中，保留思想的條理性就夠了。另外還要使自己平易通俗，假如你周圍的人喜歡這樣。

與人交談時聊什麼無關緊要，重要的是談話要輕鬆。不故作深奧而總是意趣盎然、優雅得體；充滿了成熟而堅實的判斷，揉和著善意、坦率、輕鬆、友情。我們的思想並非只在討論替代繼承或王朝事務等重大話題時才表現出它的力和美，在私人交談中同樣能表現。

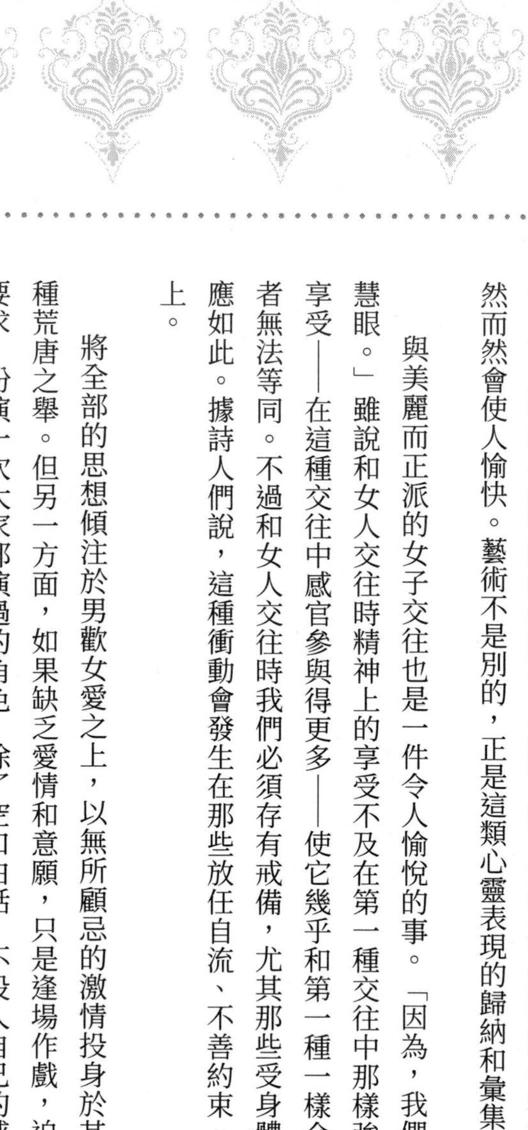

伊波馬居斯就曾說，他僅僅根據一個人在街上行走的步態，便能看出此人是否是名好角鬥士。如果一時興起，談話涉及到學說，那也無不可。不過此時學說本身也一反通常的威嚴、不容置辯和令人厭煩的面貌，而變得溫和謙恭了。談論學術於我們只不過是一種度時的方式，因為，學說不管多麼有用，多麼受歡迎，在必要時仍可拋開它，可以沒有學說而辦我們的事。稟賦良好，並在與人的交際中得到磨練的，靈動自然而然會使人愉快。藝術不是別的，正是這類心靈表現的歸納和彙集。

與美麗而正派的女子交往也是一件令人愉悅的事。「因為，我們也有一雙行家的慧眼。」雖說和女人交往時精神上的享受不及在第一種交往中那樣強烈，但是感官的享受——在這種交往中感官參與得更多——使它幾乎和第一種一樣令人愉悅，儘管二者無法等同。不過和女人交往時我們必須存有戒備，尤其那些受身體衝動影響的人更應如此。據詩人們說，這種衝動會發生在那些放任自流、不善約束、不善判斷的人身上。

將全部的思想傾注於男歡女愛之上，以無所顧忌的激情投身於其中，這實在是一種荒唐之舉。但另一方面，如果缺乏愛情和意願，只是逢場作戲，迫於年齡和習俗的要求，扮演一次大家都演過的角色，除了空口白話，不投入自己的感情，這樣做雖然確實安全保險，卻是一種懦夫行徑。猶如一個人因害怕危險而放棄自己的榮譽、利益或歡樂，可以肯定，奉行此種做法的人，絕不能希望從中得到任何使一個高尚的心靈感動和滿足的結果。你想實實在在享受的東西，應該是你真心誠意渴望的東西。命運可能不公正地恩寵一些女人的外表，這是常有的事。沒有一個女人——即使她長得很醜——不想討人喜歡的；沒有一個女人不顯示她的長處，或是她的年輕，或是她的笑靨，或是她的身姿；因為無一長處的醜女正如無一缺點的美女，是不存在的。

動物的愛並不像人們以為的那麼粗俗、低下。我們看到，想像和慾望如何使動物興奮，如何在肉體之先刺激牠們。我們看到，不管是雄性還是雌性的動物，都會在群體中挑選自己喜歡的對象，而且牠們之間能保持長期的恩愛。那些因年老而體力不濟的動物，還能因愛情而渾身顫動或發出嘶鳴。我們見過動物在交配前充滿希望和熱情，當肉體完成其職能後，甜蜜的回味仍使牠們無比歡愉。我們還見過有些動物交配後驕傲地昂首闊步，或發出快樂和得意的鳴叫，彷彿在說牠們疲乏了，也心滿意足了。若只是為了釋放肉體的本能需要，又何需如此費盡心機去煩勞他人。所以愛情不是為饑不擇食的餓漢們準備的食品。

如果心靈的美與肉體的美二者必須捨其一，那麼最好捨棄前者。心靈可以在更重

大的事情上派上用場，而在愛情這件與視覺和觸覺特別有關的事上，沒有美好的心靈還可以有所為，沒有美好的肉體卻絕對不行。所以嬌好的容貌實在是女子的優勢，她們的美是那麼獨特，以至我們男人的美雖然要求另一些特徵，且只有與她們的美有了共同之處才算美到極致。

第三種交往是與書本的交往，與書本的交往，要可靠得多，並更多地取決於我們自己。這種交往也許沒有前面兩種的諸多優點，但穩定和方便卻是它獨有的長處。與書本的交往伴隨著我們的一生，並處處給我們以幫助，它在我們孤獨時給我們以安慰。它解除我們的閒愁和煩悶，並隨時幫我們擺脫令人生厭的夥伴。它能磨鈍疼痛的芒刺，如果這疼痛不是達到極點和壓倒一切的話。為了排遣一個揮之不去的念頭，唯一的辦法是求助於書籍，書很快將我們吸引過去，幫我們躲開了那個念頭。然而書籍毫不因為我們只在得不到其他更實在、更鮮活、更自然的享受時才去找它們而氣惱，它們總是以始終如一的可親面容接待我們。

事實上，我們使用書本幾乎並不比那些不知書為何物的人更多。我們享受書，猶如守財奴享受他的財寶，因為我們知道什麼時候我們樂意，隨時可以享受，這種擁有權使我們的心感到愜意滿足。總之，它是我們人生旅途中最好的食糧。

倘若有人說，把文學藝術僅僅當作一種玩物和消遣，是對繆斯的褻瀆，那是因為他不知道娛樂、遊戲和消遣是多麼有意思！

讀書有諸多好處，只要善於選擇書籍，但是不花力氣就沒有收穫。讀書的樂趣一如其他樂趣一樣，並不是絕對的、純粹的，也會帶來麻煩，而且很嚴重。讀書時頭腦在工作，身體卻靜止不動，從而衰弱、萎頓。因而從身體的健康來考慮，對老年人來說，過度沉湎於書本是最有害健康，最需要避免的事。

以上便是三種個人交往，至於因職責的需要而進行的社會交往，這裡就不談了。

※**賞析**

人生在世，必少不了與人交往，因而選擇交往對象便成了一門很有藝術的學問。是交那種平日裡哥們義氣掛嘴上的酒肉朋友還是結交志趣相投的友人？答案毫無疑問，智者都選擇後者，因為只有同道中人才可能相互提攜、幫助。這亦是蒙田的主張。

在與女性的交往上，蒙田提出應當與美麗而正派的女性交往，同時亦奉勸世人，萬不可將全部的思想都傾注於男歡女愛上。此外，蒙田提出的另一種交往便是與書為伴。人之所獲皆源於書本和生活本身，但是讀書也須學以致用，如此才能達到最佳境界。

論良心

良心的力量很奇妙！良心使我們背叛，使我們控訴，使我們戰鬥。在沒有外界證人的情況下，良心會追逐我們，反對我們。

尤維納利斯說：良心就像用一根無形的鞭子，在隨時隨地抽打我們，充當我們的劊子手。

柏拉圖認為，懲罰緊緊跟在罪惡的後面。海希奧德說懲罰是與罪惡同時開始的。誰在等待懲罰，就在受懲罰；誰該受懲罰，就在等待懲罰。惡意給心懷惡意的人帶來痛苦。

做壞事的人最受做壞事的苦！猶如蜂刺傷了人，但是自己受害更深，因為牠從此失去了自己的刺和力量。

維吉爾對此的描述是：牠們在傷人的同時失去了生命。

由於自然界的矛盾對立規律，斑蝥身上分泌一種自身毒液的解毒素。人同樣如此，即使人在作惡時感到樂趣，良心上卻會適得其反，產生一種憎惡感，引起許多痛苦和聯想，不論睡時醒時都在折磨著自己。

阿波羅多羅斯在夢中見到自己被斯基泰人剝掉了皮，放在一口鍋裡煮，他的良心喃喃地對他說：「你的所有痛苦都是我引起的。」伊比鳩魯說：「壞人無處藏身，因為他們躲在哪裡都不安寧，良心會暴露他們。」

良心可使我們恐懼，也可使我們堅定和自信。一個人能在自己的人生道路上經過許多險阻而步伐始終不亂，就是因為對自己的意圖深有了解，自己的計畫光明正大。

奧維德說：人的內心充滿恐懼還是希望，全憑良心的判斷。

這類例子成千上萬，只需舉出同一個人物的三個例子。

西庇阿有一次在羅馬人民面前被指控犯了一樁大罪，他不但不要求寬恕或向法官討情，而且對他們說：「好哇，你們還不是靠了我才有權利審判每個人，如今竟要起我的腦袋來了。」

又有一次，人民法庭對他起訴，他絕不聲辯，只是侃侃而談：「來吧，我的公民們，去向神祇拜謝，也是在今天這樣的日子，讓我戰勝了迦太基人。」說罷，他大踏步向神廟走去，只見全體人跟在他後面，其中還有他的起訴人。

又是人民法庭應加圖的要求，傳訊西庇阿，要他對安蒂奧克省的一切開支作出匯報。西庇阿為此事來到元老院，從袍子下抽出帳冊，說這本帳冊把一切收支原原本本記了下來，但是他沒有同意把它轉交給法院檔案室保存，說他不願意自取其辱，在元老院當著眾人的面親手把帳冊撕成碎片。

苦刑是一項危險的發明，這像是在檢驗人的耐性而不是檢驗人的真情。能夠忍受苦刑的人會隱瞞真情，不能夠忍受苦刑的人也會隱瞞真情。痛苦能夠使人供認事實，為什麼就不能使人供認不是事實呢？另一方面，如果那個受到無理指責的人有耐性忍受這些折磨，罪有應得的人難道就沒有耐性忍受這些折磨，去獲得美好的生命報償麼？

相信這項發明的理論基礎是建立在良心力量的想法上。因為對有罪的人，似乎利用苦刑可以使他軟弱，說出他的錯誤；然而無罪的人則會更加堅強，不畏苦刑。說實

在的，這個方法充滿不確定性和危險。

為了躲過難忍的痛苦，什麼話不會說，什麼事不會做呢？

審判者折磨人是為了不讓他清白死去，而結果是他讓那個人受盡折磨後清白死去。成千上萬的受刑者腦袋裡裝滿了假懺悔。

有許多被希臘和羅馬稱為野蠻的國家，在這方面卻不及希臘和羅馬野蠻，它們認為折磨和殺害一個對其錯誤還只是心存懷疑的人，是可怕的殘酷行為。你不想無緣無故地殺他，對他做的事卻比殺他還糟，你沒有不公正嗎？事情就是如此：多少次他寧願無緣無故地死去，也不願接受審訊，這種審訊往往比死刑還痛苦，這等於在執行死刑以前已把人處決了。

※ **賞析**

尤維納利斯說：「沒有一名罪人能在自己良心的法庭上得到赦免。」是啊，即使你有夠強的忍耐力，在面對苦刑時你死不開口，用你的沉默

換回了你的自由，但那僅僅是身體上的。在你隨後存活於世的分分秒秒裡，你將受到良心的不斷責問、譴責，永遠會不得安寧。

論殘忍

對別人的痛苦很容易動惻隱之心的人，會不分場合的在人前情不自禁地流淚。事實上，再沒有什麼比眼淚更能引出人的眼淚的了，不論是什麼樣的眼淚——真情的、虛假的或做作的都一樣。

死去的人是不需要同情的，相反應該慶幸他的離去，因為他擺脫了苦難的人生。但是，那些垂危的人是值得可憐和為他們難過的，因為他們正承受著苦難。

野蠻人烤死人的肉充饑，並不是最殘忍的，那些折磨和迫害活人的人才真正讓人氣憤。不論如何有理由，都使人無法正視這類事。

有人為了說明凱薩寬大作這樣解釋：「他復仇也是挺溫和的。海盜把他抓了去進行勒索，凱薩逼得他們向他投降，他雖然還是按照他事前的威脅把他們送上了十字架，但是先把他們掐死以後再釘的。他的祕書菲萊蒙企圖毒死他，凱撒也僅是賜他一死而已。」這位拉丁作家的名字不提也罷，把冒犯過自己的人處死已經可作為寬大的

例子，可以想像這些羅馬暴君平時施行的暴政，如何叫他感到惡毒和恐怖。

事實上，一切超過簡單一死的做法都是純粹的殘忍，尤其我們基督徒很看重靈魂平靜地升天，忍受折磨和苦刑後的靈魂是不可能平靜的。

不久以前，一名囚禁的士兵從他的塔樓上，看到廣場上有幾名木工正在豎立死刑架，人群圍了起來，意識到這些都是衝著他來的，他絕望之餘無計可施，拿了意外得到的一輛生鏽大車上拆下來的舊釘子，在脖子上狠狠捅了兩下。看到這樣還不足以結束自己的生命，又在肚子上一戳，這下子他昏了過去。一名看守進來看見他倒在地上，把他喚醒，趁他還沒有昏厥過去，對他宣讀砍頭的判決。這個判決他聽了非常稱心，同意喝他原來拒絕的送別酒，向法官道謝，他們對他的判決是意想不到的溫和，並說，他決心自殺是害怕會受到更加殘酷的刑罰，因為廣場上的這些布置，更使他膽顫心驚……他完全是逃避一個更難忍受的刑罰才出此下策的。

這些嚴厲手段應該用來對付罪人的屍體，欲使老百姓循規蹈矩，那就別讓這些屍體埋葬，把屍體肢解和煮燒，同樣可以警戒普通人。就像給活人上刑罰，雖然實際上幾乎不起作用，像上帝說的：「那殺身體以後，不能再作什麼的。」詩人們奇怪地渲

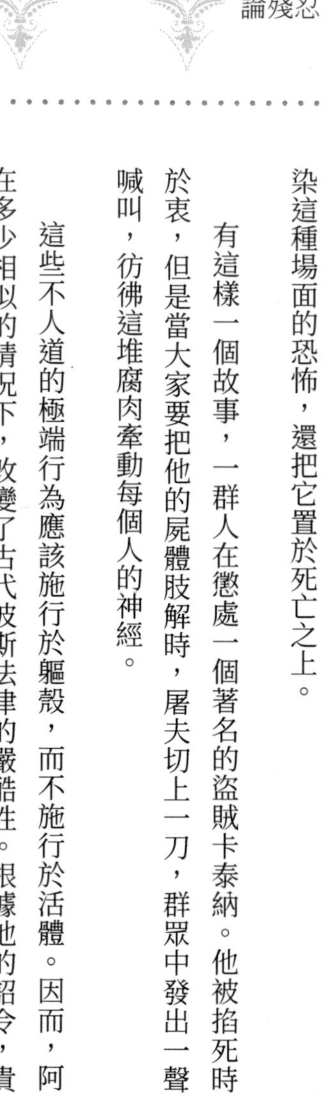

染這種場面的恐怖，還把它置於死亡之上。

有這樣一個故事，一群人在懲處一個著名的盜賊卡泰納。他被掐死時，群眾無動於衷，但是當大家要把他的屍體肢解時，屠夫切上一刀，群眾中發出一聲呻吟、一聲喊叫，彷彿這堆腐肉牽動每個人的神經。

這些不人道的極端行為應該施行於軀殼，而不施行於活體。因而，阿爾塔薛西斯在多少相似的情況下，改變了古代波斯法律的嚴酷性。根據他的詔令，貴族犯法，不是按照慣例接受鞭刑，而是脫下衣服，讓衣服代為受過；不是按慣例拔去頭髮，而是摘脫高帽代替。

埃及人非常虔誠，認為畫幾頭豬的圖形就算是伸張了神的正義。用圖畫向奉為主宰的神許願，這是大膽的創新。

人類，類似於這樣殘酷的罪行真是罄竹難書。從古代歷史中找不出我們天天看到的這種窮凶極惡的事，但是這絕不能使我們見多了而不以為然，倘若不是親眼目睹，真讓人難以相信人間有這樣的魔鬼，僅僅是為了取樂而任意殺人。用斧頭砍下別人的四肢，絞盡腦汁去發明新的酷刑、新的死法，既不出於仇恨，也不出於利害，只是出於取樂的目的，要看一看一個人臨死前的焦慮，他可憐巴巴的動作，他使人聞之淚下的呻吟和叫喊。這真是到了殘忍的極致。「一個人殺另一個人，不是出於怒火，也不是出於害怕，而是僅僅瞧著他如何死去。」

看著人家追殺一頭無辜的野獸，我們心裡滿不在乎，這其實也是一種殘忍的行為。野獸毫無防禦能力，又沒有冒犯我們。經常出現這樣的情況，麋鹿感到筋疲力盡，沒有生路，會跪在追逐的人面前，用眼淚向他苦苦哀求。

這種場景對有著同情心的人來說是一種非常不愉快的情形。

畢達哥拉斯從漁夫和捕鳥人手裡買下他們的獵物，總是把牠放回到曠野。

濫殺動物的天性也說明人性殘酷的一面。

自從羅馬人看慣了殺害野獸的演出，進而要看人殺害人、格鬥士殺害格鬥士的演出。看到動物相親相愛，沒有人會喜歡；看到動物相互殘殺，沒有人不興高采烈。

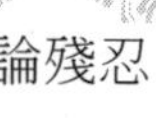

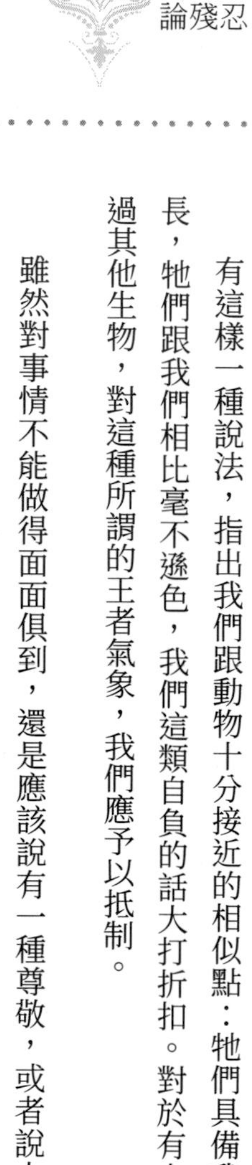

有這樣一種說法，指出我們跟動物十分接近的相似點：牠們具備我們大部分的特長，牠們跟我們相比毫不遜色，我們這類自負的話大打折扣。對於有人誇口說我們勝過其他生物，對這種所謂的王者氣象，我們應予以抵制。

雖然對事情不能做得面面俱到，還是應該說有一種尊敬，或者說人類的一種普遍義務，不但對於有生命有感情的動物，並且對樹木花草都要有愛惜之情。我們對人要講正義，對其他需要愛護和珍惜的生物要愛護和珍惜，生物與我們之間有交往，有相互依賴。

土耳其人有動物的慈善事業和醫院，羅馬人普遍關心鵝的飼養工作，因為鵝的警惕性曾使他們的首都免遭一場浩劫。

勇敢的靈魂，寄託在獅子的身上；貪吃的靈魂寄託在豬的身上；怯懦的靈魂寄託在鹿或兔子的身上；狡猾的靈魂寄託在狐狸的身上；如此等等，直到經過懲罰的洗滌，靈魂又重新回到某一個人的身上。

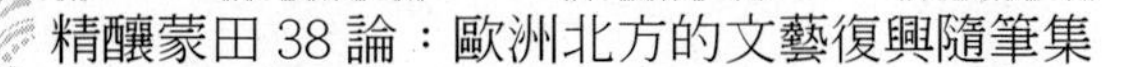

※賞析

蒙田說：在一切罪惡中最痛恨的便是殘忍，無論是直覺上還是判斷上，都把它當作罪惡。他連看到殺雞也會滿心不快。

是啊，一個人太過殘忍便會失去人性。殘忍的心性會使他無視禮儀，此類人以折磨別人為樂事，這是需要予以譴責和懲處的。做為一個人，我們應該不僅對於有生命有感情的動物要有感情，並且對樹木花草同樣要有愛惜之情。

論婚姻與愛情

婚姻是一種交易，在婚姻裡，情歌日益深沉，而不再是那麼顛狂。愛情不願意男女雙方不靠它而靠別的東西維繫在一起，當它混在以其他名義——比如婚姻——建立和維持的關係中，它就變得無精打采。因為在婚姻中，聯親、財產的分量與風韻、容貌同等重，甚至更重。

不管人們是否願意承認，人們結婚並不是為了自己，而主要是為傳宗接代，為家族而結婚。婚姻的用處和好處關係到我們的世系，遠甚於關係到我們本人。所以，這種事情由第三者來舉辦比自己親手舉辦更好，按別人的意思辦比按自己的意思辦更合適，這一切與愛情的常規真是大相逕庭。

有些人自以為將愛情和婚姻連在一起便能為婚姻增添光彩，其實這樣的做法與那些要為抬高德行的身分便認為高貴身分即是美德的人毫無二致。

婚姻與愛情，德行與高貴之間有某種相似，但卻有很多不同，沒有必要攪亂它們的名字和稱號，把它們混為一談對兩者都不好。出身高貴是一種長處，把它列入考慮的因素是對的，但這種長處取決於他人，而且可能降落在一個品質惡劣、毫無能力的人身上，故而它遠不及美德受人敬重。如果要說它是一種美德，那麼它是一種人為的、表面的美德。它取決於時間和命運，並隨地域的不同而變換形式。它有活力，但並非不朽，它來自出身，正如尼羅河來自發源地；它屬於整個家族譜系，因而為某些人所共有；它有連續性，又有相似性；它重要，又不很重要。博學、強健、善良、美貌、富有等長處都能進入人們的交往，而高貴的出身只能自己受用，對他人毫無用處。

婚姻是一種溫馨的共同生活，充滿忠貞、信賴，以及無數相互間的有益而實在的幫助和責任。任何女人一旦品嚐了這種婚姻的滋味，任何女人一旦由婚姻之燭把她和所愛的男子結合在一起，便不再願意處於丈夫的情人或女伴的地位。當她作為妻子在這個男人的感情上占據一定地位，那麼她的地位是體面的、穩固的。

美好的婚姻之所以讓人們嚮往、羨慕，那是因為它很罕見。假如好好締造、好好對待，婚姻實在是我們社會再好不過的構件。我們少了它不行，然而我們又貶低它、踐踏它。如同鳥籠一樣：籠外的鳥兒拚命想進去，籠內的鳥兒拚命想出來。蘇格拉底被問及什麼更合適，娶妻還是不娶妻，他回答說：「不管娶妻或不娶妻，總會後悔

的。」這種看法成了一種俗套，與其相應的還有所謂「人之於人，不是上帝，便是豺狼」的說法。要締結美好的婚姻，需要彙集很多良好的品德。當今世上，婚姻更適合頭腦簡單者與平民大眾，因為他們的心靈沒有被享樂、好奇和無所事事的生活攪得如此之亂。

愛情與婚姻是兩條相互平行的直線，各有其不同的軌跡，永遠無法交融。一個女子可能委身於某個男人而又絕不肯嫁他，並不是因為財產地位，而是因為男人本身的問題。很少有男人娶了原來的女伴而不後悔的。

伊索克拉底說，雅典城令人賞心悅目，如同男人出於愛慕而追求的一位貴婦。人人喜歡來這裡散步，消磨時光，但沒有一個愛她是為了娶她，就是說，在那裡扎根和定居。

婚姻的好處在於它的功利性、合法性、體面性和穩定性，它給予的歡樂是平淡的，但卻更無所不包。愛情僅僅建築在男歡女愛的基礎上，它給予的樂趣確實更銷魂、更強烈、更刻骨銘心，而且因難於得手而變得更熾熱。愛情需要刺激，需要烹調，沒有箭和火的愛情就不再是愛情了。婚後的女人給予得太慷慨，以致夫妻間的感情和慾望磨得遲鈍了。

男人因鍾愛女色而想方設法，千方百計誘騙女人，挑逗女人，他們不斷煽動和刺激她們的想像，而後又大呼：淫蕩！老實說，在男人中，幾乎沒有一個不是害怕妻子行為不軌給他帶來恥辱甚於怕自己道德敗壞而丟臉的，沒有一個不是關心妻子的良心甚於關心自己的良心的，沒有一個不是寧願自己是小偷、瀆聖者，或妻子是殺人犯、異教徒，也不願妻子的貞潔程度稍遜於自己的。

有人說，美滿的婚姻要由瞎子女人和聾子男人締成，這句話充分講明了締造美好婚姻的難度。

一個年輕人問哲學家帕納提烏斯，聖賢墜入情網是否恰當，他回答說：「別管聖賢的事，只談不是聖賢的你和我吧，我們自己不要捲入這種令人過度激動的事，它會把我們變成他人的奴隸，還會使我們自輕自賤。」哲人的話有道理，誰若沒有足夠的勇氣承受愛情的衝擊，誰若不能用事實駁倒阿格西勞斯那句「理智與愛情不能並行不悖」的名言，那麼他就別去體驗愛情這種急風暴雨似的東西。

誰讓愛情主宰生活的時間越短，誰的生命就越有價值。看看那些被愛情主宰的人們的行徑吧，完全像弱智。誰不知道，受制於愛情的人行事是多麼違背條理和秩序？在學業、訓練和機能的運用上都變得無能了。愛情是受沒有生活經驗者統轄的天地。誠然，充滿意外和混亂的愛情更令人神魂顛倒，連其中的過失和事與願違的結果也是奇妙的、令人回味無窮的。只要愛得強烈、愛得如饑似渴，理智和謹慎都無關緊要了，你看愛情像醉鬼般搖搖晃晃、跌跌絆絆、瘋瘋癲癲。誰若用明智和巧計引導它，便是給它戴上鐐銬；誰若要它聽從老年人的教誨，便是限制它神聖的自由。

※賞析

錢老先生《圍城》中關於婚姻的經典名言：城裡的人想出來，城外的人想進來，早在中國大地流傳久遠。他的言論和蒙田對婚姻的描述：婚姻如同鳥籠一樣：籠外的鳥兒拚命想進去，籠內的鳥兒拚命想出來，何其相似，看來「大家」的心智是相通的。

婚姻與愛情自然是不同的兩種情形了，倘若相同那還叫什麼婚姻與

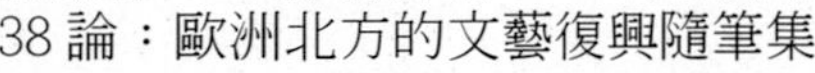

愛情，倒不如統稱為情愛合適。正因為不同，所以才各有名稱，各有情韻。

對於愛情最偉大的格言，人人能張口便來的莫過於：戀愛中的人智商為零。阿格西勞斯說得更有水平，理智與愛情不能並行不悖。

去熱戀吧，去體會婚姻的味道吧，這是你的權利也是遲早要來的，至於你能否幸福就看你的造化了。

論交談藝術

雅典人、還有羅馬人，在他們的柏拉圖學園裡以保留語言練習課為榮。在當代，義大利人還保留了這方面的某些痕跡，以我們的智力同他們的智力相比較，就可以看出他們的作法對他們十分有利。研學書本，那是一種毫無生氣的、有氣無力的運動，絕不會使人興奮，而交談卻能使人一下子便學到東西，得到鍛鍊。

當一個人的言論受到反對意見的駁斥時，無須惱怒，因為它對你毫無損害，相反，你能從反對意見中得到啟發，得到鍛鍊。我們愛躲避別人的矯正，其實應當主動迎上去並參與矯正，尤其在這種矯正以交談的形式而不以教師上課的形式出現的時候。反對意見一來，有人不看意見本身正確與否，只看對方提反對意見提得有理沒理，而且一味考慮如何擺脫那些意見。我們對反對意見不伸開臂膀，卻張開爪子。

友誼如無爭吵而只彬彬有禮，客客氣氣；友誼如懼怕衝撞而且縮手縮腳，這種友誼便不夠緊密，也無法豐滿。

西塞羅說：「沒有矛盾就沒有爭論。」誰都可以說真話，然而要說得條理分明並富於智慧，要說得巧妙，則只有少數人能做到。所以對那些由於無知而產生的假話沒有必要感到惱火，因為那只是愚蠢而已。人，應當在活人中生活。然而，為什麼我們遇見某個身體畸形或身材不佳的人毫不生氣，而見到一個思想混亂的人卻不能容忍、怒氣衝衝？這種有害的激烈態度應歸咎於審視的人而不怪有缺陷的人。讓我們隨時念叨柏拉圖的這句話：「我認為什麼東西不正確，豈非因我自己不正確？」

人的眼睛看不到身後的東西。人們成百次談論鄰居其實是在自己嘲弄自己，我們憎恨別人身上的缺點，而那些缺點在我們身上更為明顯。出於一種不可思議的恬不知恥和疏忽，我們竟對那些缺點並不感到驚訝。

我們一定要留意，該說話時說話，選擇合適時刻說話，這很重要。打斷別人的話，或以權威的專橫口氣改變話題，或在見你就崇敬得哆嗦的人面前以搖頭、微笑或沉默否定別人的反對之詞，這並不會給你帶來好處。

一個春風得意的走運之人在聚會上隨隨便便、鬆鬆垮垮的談天說地並發表意見，他一定會以這樣的口氣開始：「與我這意見相左的人只可能是騙子或白痴，雲雲」。這

樣的言論盡顯刻薄之意。

下面這個提醒對我們大有用處：在爭論和商談中，並非每一句我們認為正確的話都能立即被人接受。大多數人都不乏從外部得來的機敏，某個人有時可能說出一句精彩的俏皮話，一句恰當的答辯，一句有益的格言，儘管他在說話時並沒有認識到話的分量。借來的東西不一定都能掌握，也許還得靠我們自己進行核實。那些話無論多麼實在，多麼精彩，都沒有必要老是一聽便諾諾連聲。必須自覺與之鬥爭，或往後退，藉口未聽見而從各個方面揣摩此話如何到了講話者口裡。我們有時可能作繭自縛，給對方的攻擊助一臂之力，使之超過攻擊的限度。但我們不能因為這樣而畏縮不前。對談話引起的後果，千萬別事先假定什麼。如他們以一般的話作出判斷：「這個好，那個不好」，如他們意見略同，便看此種意見一致是否由偶然性促成。

願你們對他們出口成章的警句多做此思考：為什麼如此？根據什麼如此？每天我們都能聽到一些蠢人說不蠢的話：他們談的是美好的東西，那就讓我們去了解他們是在哪裡知道的，去看看他們是透過什麼途徑得到的。我們可以幫助他們應用他們尚未掌握的那些美麗的字詞和精彩的道理，因為他們還只是那些美好東西的保管者，他們也許有一天會摸索著進行創造，我們則讓他們了解美好東西的價值並信任它們。

你真想去這樣做嗎？這是何苦？因為他們對你不會有絲毫感激之情，他們因此還會變得更蠢。別去協助他們，讓他們走自己的路。他們將來再涉獵此方面是因為他們害怕上當受騙，他們絕不會對此類問題作任何改變，也不會把涉獵深入下去。你將此類問題稍稍偏離，他們就抓不住了，他們就會放棄這個領域，儘管此領域強勁有力、美不勝收。如果你偶爾對他們的話作進一步闡明和確認，他們會馬上抓住你，使你話中的優越之處脫離你自己的說法：「這正是我原來要說的，那恰巧是我的想法，如果說我講得不如你，那只是我語言上出了毛病。」吹吧！對這種傲氣十足的蠢行就得狡猾些。《尼西亞信經》：「既不必仇恨，也不必控訴，只須教育。」

感覺錯亂和愚蠢的行為並不是透過一次簡單的提醒便能糾正的，對這種糾正舉動我們只能重複居魯士說過的一番話。有人在戰役即將打響的時刻催促居魯士去激勵他的軍隊，居魯士回答說：「在戰場上，士兵不會因一次精彩的講話立即變得英勇善戰，正如人不會聽一支美妙的歌立即變成音樂家。」學藝活動必須事先進行，必須透過長期的堅持不懈的教育方能完成。

如此盡心盡力的關懷我們只應給予自己人，去對過路人說教，對初遇的無知之輩進行教育，這可是一個不好的習慣。即使在同別人閒聊時，也不要這樣做。高明的智

者寧肯放棄一切也不願參與這種人為的專橫的教育。總之，愚蠢而又沾沾自喜，自喜到超過任何正常頭腦合理自喜的程度，這種愚蠢比任何別種愚蠢更讓人氣惱。

自以為是的人才傲視別人，才在從戰場歸來時風風光光興高采烈。語言的自負和面容的快活往往使人們面對聽眾時處下風，因為聽眾通常判斷力較弱，不能正確判斷和分清真正的優勢。固執和堅持己見是最可靠愚蠢的明證。有什麼東西像驢那樣自信、堅決、蔑視一切，那樣一臉沉思、莊重、嚴肅？

我們難道就不能將朋友之間互相開心、互相嘲弄時打打鬧鬧、親密無間、快快活活的爭吵和互相打斷話語的閒聊摻進交談和交往中去？如果說這樣的活動不如前邊談到過的活動緊張、嚴肅，它卻同樣富於洞察力，同樣妙趣橫生，也同樣有益，呂庫古斯便認為如此。在這樣的交談會友中，自由不拘多於機智幽默，快樂多於創造。在快快樂樂時，我們往往可以彈撥我們缺點中那幾根祕密的弦。而在一本正經時，我們一觸這些弦就會互相碰撞，而且也不可能互相有效提醒各自的毛病。

※賞析

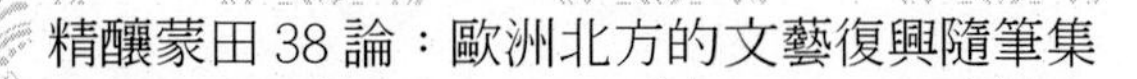

我們絕不能對任何人——無論其智力的高低——用口頭的爭鬥改變他的思想。倘若你辯論、爭強、反對，你或許有時能獲得勝利，但這種勝利是空洞的，因為你永遠得不到對方的好感。與人交談的藝術便是避免爭論，學會傾聽。

論飲酒

世界萬物，紛繁複雜，真假摻雜其中，難有相同點，然而罪惡都是大同小異的。

在所有罪惡中酗酒是一種嚴重且粗野的罪行了，因為其他的罪行，人多少有些理智，而酗酒時，人則沒有多少理智。如果可以這樣講，有些罪行中有某種慷慨豪情在內，有些罪行中摻雜著機智、勤奮、勇敢、謹慎、敏捷和靈敏，而酗酒則完全是肉體的、粗俗的。當今歐洲最粗俗的國家就是酗酒盛行的國家。其他罪行有損智力，而酗酒則完全摧殘智力且使體力受損。

人最難堪的時候莫過於失去理智而無法自我控制之時。據說，葡萄汁在容器裡發酵時，容器底部什麼東西都會自動浮上來。飲酒同樣如此，一旦過度，便會吐露許多心裡的祕密。

若非是記載在歷史文獻上的事實，很難讓人相信有人會醉得如此深沉、不省人事、昏迷不醒的。阿特拉斯邀請波賽尼厄斯共進晚餐，有意讓他出醜。席間勸他喝

酒，使其醉得神志不清，願意像妓女一樣任府上的一大幫車伕和僕人享用。

赫赫有名的國王賽勒斯，人們對他百般讚譽，而他說自己勝過兄弟阿爾塔薛西斯的是酒量比他大。巴黎的名醫西爾維厄斯說過，為保持胃的良好消化能力，應每月暢飲一次，刺激腸胃消化，防止功能衰退。還有的書中說波斯人慣於酒後處理國家大事。

是什麼讓人們如此貪戀酒呢？是人內心的脆弱、膽怯。

人一到晚年，便會有種種不適，需要一些提神和支撐的東西，自然而然讓我們產生飲酒的衝動，因為這幾乎是歲月給我們留下的最後一種樂趣。據酗酒的人說，天然的熱量從童年起便是從腳開始，然後上升到腹部且停留很久，最後熱量會像一股氣體向上散發到喉間，在這裡作最後的停留，結束其行程。

倘若飲酒的樂趣僅在於此，那麼，讓人困惑不解的是，為什麼一個人在解渴以後還能喝得津津有味，在想像中形成一種人工和違反自然的興趣。

柏拉圖勸誡孩子在十八歲前不要喝酒，在四十歲前不要醉酒，但對於過了四十歲的人，他又勸他們盡情地痛飲，在宴席中宣揚戴奧尼索斯的主張。他給年輕人帶來快

樂，讓老年人感受到青春，他使靈魂的激情變得溫柔，正如火熔化鐵一樣。他的戒律中，聚在一起的暢飲是有益處的，只要有一個領袖人物加以調節和控制。因為他說醉酒是對一個人本性的積極考驗，同時可以鼓舞老年人的勇氣，使他們參加歌舞聚會及一些有意義的事情，而這些都是他們在冷靜時所不敢做的事情。並且，他說酒可以調節身心，增強體質。但是，他主張在軍事遠征時期禁止喝酒，法官和地方官在執行公務和談論國事時不得暢飲。另外，白天有正事要做時或生兒育女的晚上都必須避免喝酒。

傳說，偉大的哲學家斯狄爾博苦於年歲過高，特意飲用烈酒以期早日結束自己的生命。哲學家阿凱西勞斯本在老邁時，同樣由於飲酒窒息而死，但他並非有意如此。

古往今來，很多有名的聖賢之人折服於酒的例子數不勝數，這已然成為一道獨特的景觀。

※賞析

借酒消愁，愁更愁。酒入愁腸，麻醉一時，使自己忘卻煩惱，這大

概是貪酒的唯一好處。然而嗜酒如命，貪而不忍，對自身有百害而無一益。要是醉到深處，而酒後失言，只會無故樹敵。酒後失態，也只會讓昔日朋友反目成仇，多年交情化為灰燼。還有什麼理由戀酒成性。

論發怒

發怒是一種喪失理智的行為，在發怒時做出的決定、判斷往往都是錯誤的。對於因發怒而錯判的法官，誰都會毫不猶豫地對他處以極刑。那麼，為什麼就允許家長和教師在發火時鞭打和懲罰孩子呢？這哪裡是懲罰，簡直是無恥！我們能容忍醫生對他的病人發火嗎？

當我們發火時，絕不能責打對方。正確的做法，便是在心頭火起、心跳加速時，先把事情放一下，等心平氣靜下來後，對事物的看法就會不一樣。衝動的時候，是情緒在指揮、在說話，而不是我們自己。

帶著情緒去看問題，問題往往會無端放大，芝麻也能變綠豆，這跟霧裡看物是一個道理。真實的情景比較模糊，饑餓的人，用肉來充饑。可是，想使用懲罰手段的人，不應該渴望懲罰。

再說，謹慎而有分量的懲罰，受罰者更樂意接受，效果也更好。相反，如果懲罰來自一個狂怒的人，受罰一方會認為他的懲罰不公正。為給自己辯護，他會列舉主人失當的舉止：動作粗暴、臉色發紅、口吐粗話、煩躁不安、莽撞輕率。

塔蘭托的阿契塔是一次戰爭的統帥，他打完仗回來，發現他的管家管理不善，把家務搞得亂七八糟，田裡雜草叢生，便把管家召來，對他說：「快滾吧！假如我發怒的話，我就狠狠揍你一頓了。」柏拉圖也如此，一次，他對他的一個奴隸大發脾氣，命令他的弟子斯帕西普斯替他懲罰這個奴隸，藉口不願親自責罰引起他生氣的人。斯巴達國王卡里魯斯看到一位奴隸膽敢對他傲慢無禮，對他說：「假如我要發火，我肯定立即處死你。」事實上，怒火不能憋在心裡，要借助一定的途徑發泄出來，當然前提是不能給他人造成傷害。

同固執的女人打過交道的人，可能有過這樣的體驗：當你們以沉默和冷靜對付她們的激動，不去助長她們的怒氣時，她們會氣得橫眉豎眼、火冒三丈。

雄辯家塞利烏斯生性易怒。一次，他和一個人共進晚餐，那人談話素來溫順和婉，這次，他怕惹塞利烏斯激動，決定他說什麼都表示贊同。塞利烏斯見找不到發怒的理由，忍無可忍，便對他說：「你倒是反駁一下我說的話呀！談話是兩個人的事

嘛。」那些女人也一樣，她們效法愛情的規則，她們發怒，僅僅是為了讓對方也發怒。

福基翁同某人交談，那人粗暴地辱罵他，擾亂他講話。福基翁閉口不語，讓對方把怒氣全部發泄出來，然後，接著剛才的話頭，繼續往下講，隻字不提對方的騷擾。這種輕蔑的態度，比任何尖刻的反駁更有力。

法國人是最有耐心控制怒火的人：「憤怒使他無比激動，以至於他只得無情地克制憤怒。」至於一般人，作這樣大的努力遏制憤怒，是做不到的。一般人也無需費如此之大的勁克制自己，因為你要關注的不是他遏制憤怒的做法，而是關注他作出多大努力使自己不做得更壞。

掩飾憤怒，就是把憤怒吸入體內。正如第歐根尼對狄摩西尼所說的——後者因怕被發現待在一個洞穴內，就拚命往裡縮：「你越往裡縮，就陷得越深。」如果你的僕人做事不大得體，我勸你寧願搧他一記耳光，也不要為保持謙和的外表而克制自己的脾氣。你應當讓怒火發出來，而不要藏著、掖著讓自己備受折磨；怒火發出來後，就會漸漸減弱；與其讓怒火憋在心裡，還不如讓它到外面來張牙舞爪。暴露在外的缺點危害不大，藏在健康外表下的缺點最最危險。當然，要記住一點的是：發怒不要漫無

目標。

在此，忠告那些有權發脾氣的人注意兩件事：其一，發怒要有分寸，不要不顧一切亂發泄，免得影響效果和分量。若讓不經思考的大聲斥責成為家常便飯，人們對此就會如同秋風過耳，聽而不聞。你大聲責罵一個偷東西的僕人，他會對此無動於衷，因為你這個辦法已對他使過一百次了，就為了沒有洗淨一隻杯子，或沒有放好一張矮凳。其二，發怒時不要漫無目標，對誰抱怨，就要讓誰聽見。因為他們慣於在被斥責者尚未在場時就開始責罵，等他們走了一個世紀了，還在那裡大聲叫罵。

他們責罵自己的影子，將這場暴風雨推向極點。他們彷彿無能為力，只知道用吵吵鬧鬧的責罵聲來進行懲罰。克勞迪烏斯對此有過絕妙的描述：罵得喪失了理智就罵自己。在爭論中，有些人慣於無的放矢地吹牛和發怒，這也是應該受到譴責的，吹牛應該有的放矢。

發怒時，盡可能地激烈，也盡可能地短促，儘量少喧鬧，且要速戰速決，言詞激烈，但不暈頭轉向。一個人，一旦被憤怒抓獲，不管理由多麼微小，都會大發雷霆。因此，找同那些有權和你爭論的人商量說：「當您感覺到我先激動了，不管有沒有道

理，讓我發泄出來，我對您也將如此。」只有在你怒我也怒、雙方比賽著發怒時，才會形成暴風雨般的狂怒。讓各自的怒氣盡情發泄，就能太平無事，這辦法很有用，但做起來非常困難。一個人隨著年事的增高，脾氣就會越加暴躁。

亞里斯多德說，有時，憤怒可作勇敢的武器，這似乎不無道理。然而，那些持不同意見的人風趣地反駁說，那是一種有新的用途的武器。我們擺弄其他武器，而這個武器擺弄我們，我們的手不指揮它，而是它指揮我們，它把我們握在手中，而不是我們把它握在手中。

※ 賞析

每個人都有可能因各種原因發怒，故而培根對發怒的看法是：倘若你們要發怒，千萬不要因為發怒而犯罪，也不可一整天都在發火。

蒙田同樣認為：在合適的場合、合適的時機，心有怒氣是有必要發泄出來的。但是又告誡發怒者在發怒時要注意發怒要有分寸，同時還要有目標，因為漫無目標，發怒便會失去作用。

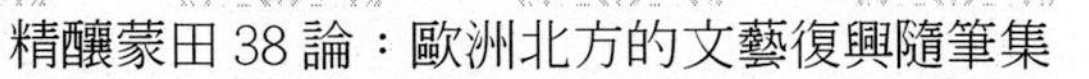

當然，適當的發怒可以，但人絕不可以像蜜蜂，在螫人的同時犧牲自己的生命。

論人與人的差別

人與人可以差得多遠？

天有多高，智力的差別就有多少個等級。

世界上沒有完全相同的兩片樹葉，人也同樣如此。

人的價值有一點很奇怪的是，萬物都以其本身的品質來衡量，唯獨人是例外。一匹馬，我們讚揚牠的雄健靈活。人們讚揚快馬，是因為牠在全場的歡呼中得勝獲獎，而不是牠的馬鞍；一條獵犬，我們讚揚的是牠的速度，而不是牠的項圈；一隻鳥兒，我們讚揚的是牠的翅膀，而不是牠的牽繩或腳鈴。對於一個人，我們為什麼不用他的品質去衡量他呢？大群的隨從、華麗的大廈、巨大的威望、大量的黃金，通通是他的身外之物，而不是他的內在品質。你不會買一隻裝在袋子裡的貓，你若就一匹馬討價還價，你會卸下牠的鎧甲，你見到的是匹不遮不掩的馬。若是像從前讓君王挑馬似的將馬蓋住，蓋的則是次要部位，為的是不讓你只注意牠那好看的毛色和寬闊的臀部，

而讓你主要注意腿、腳、眼睛這些最有用的器官。

我們去評價一個人時絕不能讓他裹得嚴嚴實實，倘若如此，你看到的僅僅是他的外表，而真正可以作為依據給他作出評價的部分卻無法察看。這絕對是一種缺憾，因為你所求的是劍的鋒利而不是劍鞘的華美。因此，看人應看人本身，而不是看他的穿戴。

有位古人的話說得很風趣：「你知道為什麼你覺得他高嗎？你把他的木屐都算上啦。」塑像的基座不算在塑像之內，量人別連高蹺也量上，讓他丟下財富、頭銜，穿著襯衫來。他的體格與他的職務相稱嗎？健康、靈活嗎？他的心靈美好嗎？高尚嗎？各種品質都具備嗎？它原本就高貴還是倚仗別的而高貴？財富不起任何作用嗎？面對劍拔弩張的挑戰，他鎮定自若嗎？他是否視死如歸？不在乎老死善終或猝死暴斃呢？他沉著冷靜、始終如一嗎？他能知足嗎？這些都是必須注意到的，我們可以借此評價人與人之間的極大差別。

當我們觀察農民和君王、貴族和平民、官員和百姓、富人和窮人的時候，雖然說話沒有區別，只要穿的褲子不一樣，我們就會看出極大的差別來。

在色雷斯，君王同百姓的區別非常嚴格，也很有意思。他有專門的信仰，有臣民不能信奉只屬於他的上帝，那就是商神墨丘利。臣民們敬奉的戰神瑪爾斯、酒神戴奥尼索斯、月神阿提密斯，他是看不上的。

當然，這些僅僅是一些表象，而並不構成本質上的差異。

這就猶如舞台上的戲子，儘管在戲裡他們扮演著王侯將相，但在現實生活中他們是渺小的奴僕與腳伕。這才是他們的本來身分。所以，在觀眾面前排場闊氣得讓人眼花繚亂的帝王——是因為他的鑲著黃金和大塊翡翠的美麗衣裳。

請到幕後看看他吧——那只是個普普通通的人，也許比他的哪個臣民都要卑賤呢！

膽怯、躊躇、野心、怨氣及嫉妒，使他同別人一樣心煩意亂。

他跟我們一樣，會發燒、痛風和偏頭痛。等到年老力衰，他衛隊中的弓箭手也無法讓他返老還童；當死亡的恐懼折磨他的時候，他房中的侍從也無法叫他寬心；在他滿懷妒意失去理智的時候，我們脫帽致敬也無法使他平靜下來；這鑲滿黃金珠寶的床

頂，絲毫也減輕不了他陣陣發作的腹痛。

如果他粗魯、愚笨，他憑什麼享受這些？沒有魄力和才華，歡樂和幸福就無法消受。

財富不管有多大的神奇魔力，也得有靈敏的感覺去品嚐。使人幸福的絕不是擁有，而是享受。

房子、財產、大堆的錢幣黃金，治不了你身上的病，退不掉你體內的燒，去不了心頭的煩惱，享用財富身體一定要好。心存缺憾恐懼之人，家為何物？那是給害眼病者看的畫，給痛風者貼的膏藥！壺裡不乾淨，倒進去的東西等於零！

柏拉圖說得好，一切好的東西，諸如健康、美麗、力量、財富之類，對不正常的人來說都是壞的，對正常人來說則是好的，反過來也是一樣。

即使一個人擁有再多的財富，倘若他身體和精神都不好，那財富對他又有何用？身上被針扎痛，心裡鬱鬱不樂，是不會有興趣統治世界的。

在他病得奄奄一息之時，難道他還能想到他的宮殿和他的威嚴嗎？在他發怒的時候，即使他身為君王，難道就不會氣得面紅耳赤，像瘋子一樣咬牙切齒嗎？如果他富有教養又生來高貴，王位並不為他的幸福增添什麼。

財富、地位，那只是過眼煙雲。國王塞勒科斯說，知道權杖分量的人，一旦權杖掉落在地，是不屑於去撿的。他的話，是指明君肩負的重大而又艱鉅的責任。

居魯士說：「不比接受命令者強的人不配發號施令。」

然而，據色諾芬記載，國王希羅還說過：即便在尋歡作樂方面，他們也不及普通人。因為富裕和懶散使他們品嚐不出常人品嚐得到的美味。

我們每個人潛意識裡認為歌唱班的孩子酷愛音樂，其實事實並非如此，唱多了會使他們厭煩。宴會、舞會、化裝舞會、比武大會，不常看的人、想看的人看了高興；可看慣了的就會覺得乏味、掃興。處慣了女人的人，見了女人也不會動心。從不讓自己渴著的人不會嘗到喝水的樂趣。街頭鬧劇讓人開心，但對藝人來說卻是苦役。事情就是如此，吃慣了宮廷美味的人偶爾吃點粗糧淡飯，往往能覺得別有一番滋味。

對此，賀拉斯有過精妙的言論：換換生活往往使顯貴們快活，淨桌陋屋，既無掛壁又無紅毯，使憂心忡忡的額頭得以舒展。

君王的特權在某段時間可以說並不名副其實。有權有勢者無論大小，皆都自稱為王。當年凱薩就把法國有司法權的領士通通稱為小國王。的確，除了不用「陛下」這個稱號之外，他們跟國王也相去不遠。你看，在遠離王室的省分，比如布列塔尼，一名退隱林下、深居簡出的名士、奴僕前呼後擁，車馬、隨從、管家、各種職司服務、各樣禮儀應有盡有。你看他的想像力有多豐富，再沒有比他更像君王的了，他一年一度聽人提起他的主子，就像提及波斯國王一樣。他承認這位主子，僅僅是因為有某種久遠的、由他的親信記錄備查的親戚關係。說實在的，我們的法律夠寬鬆的了，一個貴族一生中受王權的影響不過兩次，只有那些受人之請並甘願以效力獲取榮譽和財富的人才認認真真地稱臣服從。因為誰要願意藏影匿蹤，不惹事生非，把家管好，他就會像威尼斯大公一樣自由。

其實，君王們真正擁有的所有優越條件與普通人並沒有什麼兩樣。他們跟我們一樣，困了要睡，餓了要吃。他們的刀劍並不比我們佩帶的更鋒利，他們的王冠既不遮陽又不擋雨。戴克里先當皇帝十分受人尊敬又非常幸運，他卻丟下皇冠去享天倫之

樂。不久之後，國家有事要求他重登皇位，他回答請他復位的大臣們說：「我親手栽下的樹木整整齊齊，我種的地瓜又甜又香，你們要是見過，就不會勸我這樣做了。」

阿那卡齊斯認為，執政之道，最好的是推崇德行，捨棄惡行，其餘的一切不分主次輕重。

事實上，人與人之間的不同完全由各人的性格決定，性格決定了各自的命運。

※ **賞析**

人與人從本質上並無區別：赤裸著身子、啼哭著來到世間，最終又在親人的悲痛中回歸自然。

倘若人與人之間有不同，那也只是周圍環境的差異，而這顯然和人的本性並無瓜葛。有人從小生於富貴人家，享受榮華富貴；而有人從小就忍饑挨餓，露宿荒野，這兩者顯然有很大的差距。但倘若就以此定論，人是有區別的，便又是謬論，這只是表象而已。有很多典故記載著

這樣一些事例，窮人的孩子當家早，赤手空拳闖天下名流史冊的人數不勝數，同樣有很多的記載，描述了這樣一些事實——豪門家族一夜間土崩瓦解者不計其數。

故此，人與人所有的不同，僅為表現，而其本質皆是相同的。

論功利和誠實

搖擺不定是一種懦弱和缺乏主見的行為。以遊說斡旋為業者往往掩蓋自己的見解，表現或假裝得極其折衷，似乎他們的看法與別人十分相近。而誠實、忠誠的人則拿出旗幟鮮明的觀點和其獨有的行事方式，此類人在談判時寧可有負於談判，也絕不允許愧對自己的良心。

誠實、忠誠的人用一種坦率的待人接物方式，使其很容易便深入人心，取得信任。純樸與真誠在任何時代總是合時宜的。而且，辛勤工作而毫不為私利者的心直口快不易遭人疑心和討厭，他們用得上希佩里德斯回答雅典人怪他說話粗暴尖銳時說的那句話：「先生們，不要計較我的直言不諱，而應該考慮我這樣做是否為一己私利，是否把事情辦得更好。」

誠實、忠誠的人的爽直的言談以其氣勢使別人從不懷疑他隱瞞了什麼。該說的話，不管多麼難以接受，多麼尖銳辛辣，對於此類人都會說，當事人不在場，他也不會說得更難聽。他的坦率有一種單純而漫不經意的表現形式。他做事時只想到做，並

不考慮長遠的後果及計畫，每個行動有其獨立的作用，能有所成他便會很有成就感！

此類人對達官貴人也不會表現出過度的愛或恨，他們的意志同樣不受個人恩怨的束縛，他們僅會以百姓的正當感情看待君王，這種感情不由個人利益激發和轉移。對公眾的正義事業，他們也只抱溫和的態度，絕不頭腦發熱，他們生性不輕易作過深的、內心的介入和許諾。憤怒和仇恨超出了正當責任的範圍，便是一種狂熱，只對那些並非從理性上忠於其職責者有用。一切正當而合理的意圖自然而然是公平的、溫和的，否則就嬗變為圖謀不軌、離經叛道。這就是為什麼他們能抬著頭，心地坦然地走遍天下的理由所在。

對付敵人的做法，也可能有不符合道德和法律的地方。公共利益不應要求所有的人為它犧牲所有的個人利益，即使在社會的動亂中，仍應記得個人的權利，任何權勢都不能允許侵犯友情的權益。對一個正派人而言，即便為了效忠國王、大眾事業和法律，也並非可以無所不為。對國的義務並不排斥其他義務，而且公民們對父母克盡孝道亦符合國家利益，這是一條適合時代的訓言。無須讓刀劍把我們的心腸磨礪得鐵石般硬，我們有強壯堅實的肩膀就足夠了；我們的筆蘸著墨水寫就夠了，不要去蘸血。雖然為了公共利益和忠於職守而置友情、親情、義務和諾言於不顧也是一種大無畏的

氣概和難能可貴的美德，但是——雖然我們可以諒解——這種氣魄絕不能與伊巴密濃達的氣魄相提並論。

人們無法根據一個行為的功利來證明它是光明磊落的、高尚的。亦很難這樣定義：只要一個行為是有用的，它便是每個人都可以接受的，每個人都必須去做。

我們不應將個人利益和慾望所滋生的尖酸刻毒稱作責任感，也不應把背信棄義、陰險狡猾的行為稱作勇敢。有些人把自己邪惡和凶暴的天性美其名曰熱心，其實他們熱心的不是事業，而是他們自己的利益。

我們即便置身於敵對的人們之中也並不妨礙我們光明正大地、恰如其分地行事。但是，在這種特殊情況下，你處理問題絕不能一視同仁、不懂變通。你至少要有節制、講分寸，這樣你就不會過度依賴一方以致對他有求必應；同時你應該滿足於對方對你的適度恩寵，做到在混水中遊走，卻又不是混水摸魚。

竭盡全力效忠一方和討好另一方這樣的行為既不能算是有良心，也不能冠以謹慎的頭銜。你為甲方而背棄乙方（而你在乙方受到和在甲方同等的禮遇），你這樣的行

為，定會引起甲方對你的不信任，於是他把你看成小人，而同時又捧著你，利用你，利用你的不光明正大來成就他的事。因為兩面派的用處在於他們能帶來點什麼，但人們得提防著儘量不讓他們帶走什麼。

一個人要做到對一個人講的話同時能對另一個人講，最多只是語氣有點變化，且在傳說一件事情時只轉述無關緊要的，或眾所周知的，再不就是對雙方都有用的事。不為任何功利欺騙他人，別人因相信你會保密而向你吐露的事，你應虔誠地藏在心底。不過你設法儘量少藏這樣的祕密，因為保守帝王將相們的祕密是件麻煩事。

坦率的言談能讓對方輕鬆起來，使其不自覺地打開話閘子，就像酒和愛情一樣把話引出來。利齊馬克國王問菲力彼代斯：「我的財產裡，你要我給你什麼？」菲力彼代斯明智地回答：「隨便你給什麼，只要不是你的祕密。」不可否認，假如人家用我們而又不告訴我們事情的底細，或向我們隱瞞事情的內在意義，我們每個人都會憤憤不平。

然而，沒有哪一個君主願意接受半心半意的人，他們十分痛恨有限度、有條件的效力，這是始終無法改變的。但是，一個理性而又有膽識的人應開誠布公地向他們申

明你效力的限度，因為，即使作奴隸，也只應該作理性的奴隸。而他們則不該要求一個自由人像他們生養的子女或買來的奴僕那樣，或是像那種出於特別的原因把自己的命運與他們的命運明確地聯繫在一起的人那樣，完全隸屬於他們，為他們盡義務。社會法律為我們消除了很大麻煩，它為我們選擇了服務對象，為我們指定了主人，任何其他權威和義務必須以它為依據，並退居其次。所以，社會法律規定我們做的事我們一定要立刻動手去做，即便我們的感情另有所向。感情和意願只向自己發命令，而行動則必須接受社會的命令。

以上所說的這套行事方式與現在的規矩有點不大一致，它可能不會產生很大的作用，也可能頂不住社會風氣。再純潔無瑕的人也無法做到在談判中毫無矯飾，在討價還價中毫無謊言，所以，志趣高雅者絕不喜歡公開事務。職業要求於你的，你盡力而為，並且儘量以自己的獨特方式去做。

對這些聲明，有些人不以為然。他們指責所謂的率直、真誠和單純其實是一種策略、一種手段，這樣的說法非旦沒有達到詆毀的目地，相反自暴其言論的短處。

真理的道路是唯一的、單純的，而追求個人利益和在承擔的事務上投機取巧的道路卻是雙重的、不平坦、布滿不測的。經常有人裝作瀟灑隨便的樣子，然而往往徒勞無益，很像伊索寓言裡的那頭驢子，這驢子為了和狗爭寵，竟然歡蹦著把兩隻前腳搭在主人的肩上。結果，狗的討好得到主人的撫愛，可憐的驢卻挨了加倍的棍棒。「最自然的舉止於我們最合適。」不可否認，騙術在這個世界上占有很高的地位，騙術不止一次給人們幫過大忙，而且至今仍維持和支撐著人們大部分的職業。世上有些惡行是正當合法的，正如有些善良的或可以理解的行為卻是不合法的。

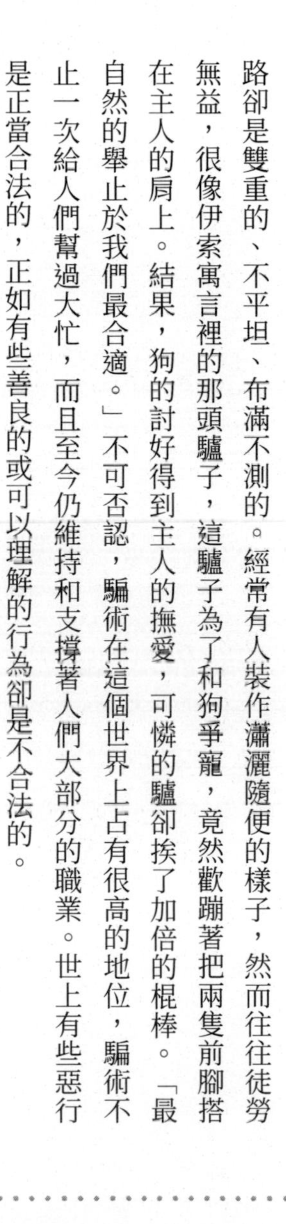

有人試圖為我們舉例以此來說明個人功利應高於信義，但這例子並未因他們添枝加葉而顯得具備足夠的說服力。

有人說，一個正人君子不用付錢也算了結了自己的諾言，因為他已經逃脫了強盜的手掌。這種看法不對，事情並非如此，你因恐懼而許諾的東西，在恐懼不存在時，仍必須把它視為你的許諾。即便你在恐懼的逼迫下只作了口頭上的許諾，自己並不情願，你也應當嚴格兌現自己說的話。否則，我們就會逐漸推倒別人要求我們兌現諾言和誓言的正當權利。「守信用者何需別人強按頭。」只有當我們許諾的事情本身是醜惡的和極不公正的，我們的個人利益才有權原諒我們的食言，因為道德的權利壓倒責任的權利。

※ **賞析**

功利和誠實很難協調，一個人有心追求功利，便會不擇手段，使出渾身解數，為達目的而無所顧忌，故誠實很難在此類人身上顯露。

誠實、忠誠的人往往是以一種坦率的待人接物方式與人相處，故能時常見到他旗幟鮮明的觀點和獨有的行事方式，此類人，他們做事時只想到做，而並不考慮長遠的後果及計畫，能有所成就便會心滿意足，和追求功利者完全是相反的兩類人。

論後悔

沒有不傷害人的罪惡，舉凡受公眾評論指責的行為皆包含有罪惡的因素，當然，被人誤解除外。罪惡是那麼明顯的醜陋和可憎，所以那些認為罪惡主要來源於愚蠢和矇昧的人可能是有道理的，因為很難想像有人明知道是罪惡而不憎恨它。

惡意大多分泌出毒液，並且被自身分泌的毒液腐蝕；而罪惡卻在心靈上留下悔恨，這悔恨如同身體裡的一塊潰瘍，不斷綻破和流血。

理智慧化解其他的煩愁和苦痛，但卻衍生出悔恨，悔恨比其他煩愁和痛苦更沉重，因為它發自內心，正如人在發燒時感覺的冷和熱要比外界天氣的冷和熱更難受。罪惡（每個人都有自己衡量善惡的標準）不僅是理性和自然所譴責的，還包括公眾輿論鑄成的，因為即使輿論是沒有根據和謬誤的，但只要得到法律和習俗的認可，受輿論譴責的行為便構成了罪惡。

同樣的，任何一種善行都會使心地高尚的人感到高興。當然，做了好事的人自己

內心也會感到一種難以描述的快樂，問心無愧時會感到一種聖潔的自豪。邪惡而膽大的靈魂也許能感到有恃無恐，但是那種怡然自得、稱心如意的感覺，它是永遠體驗不到的。能認為自己可以不受敗壞的世風的傳染，能對自己說：「即便一直審視到我的靈魂深處，也不會發現我有什麼可以自責的地方，我從未造成任何人的痛苦和破產，沒有報復心和仇恨，不曾觸犯過法律，從未煽動過變革和騷亂，從不食言。而且，雖則當今世風日下，放縱甚或教唆人們胡作非為，我可從不侵占別人的家產和錢財，而是一向自食其力，不管是在戰亂時期，還是在太平時期，我也從未使用別人的勞動而不付報酬。」倘若能如此，那便是一件值得慶幸的樂事，且這種淳樸的快樂也是對善行最大的也是唯一最穩當的報償。

將別人的讚許作為酬報善行的根據，這種根據既不可靠也不明確。尤其在當今這個腐敗和愚昧的時代，民眾的賞識不啻是一種侮辱，你能根據誰的話來判別好壞呢？你是否懦弱、殘忍，或是否正直、虔敬，只有你自己知道；別人沒辦法透徹了解你，他們只能透過外表，某些外在的因素毫無把握的揣度你，他們看到的是你的外表而不是你的本質。因此，不要聽他們的判決，要堅持你自己的判決。應當運用你自己的判斷力，個人的善惡意識舉足輕重，丟掉這種意識，則一切皆垮。

有些人說，悔恨緊跟著罪過，這話有點不太適合用於盤踞在我們心靈裡，彷彿已在那裡安家落戶的那種罪過。我們能痛悔和改正因一時措手不及或感情衝動而犯下的罪過，但是，那種年深日久、根深蒂固，而且扎根在意志堅定者身上的邪惡是不容易扭轉的。後悔乃是否定我們的初衷，反對我們原來的想法，叫我們四處亂投、無所適從。

每個人都可以當眾演戲，在人生舞台上扮演一個正人君子。但是在私下、在內心，在可以無所不為、什麼也不會被人看見的時候，倘若依然奉公守法、循規蹈矩，這便是道德的極致了。在自己家裡和日常行為中能做到這樣也接近極致，因為在家裡是無須檢點、無須做作的，日常行為是無須向別人解釋的。亞里斯多德說，平民百姓弘揚道德，比當官者要難，相應其功勞也更高。居官者用心用力去完成豐功偉績，往往是出於功名心，而非出於良心。其實，獲得榮譽的最好辦法倒是本著良心做你為功名而做的事。所以我認為，亞歷山大大帝在他那宏大輝煌的舞台上表現的品德不及蘇格拉底在平凡的默默無聞的活動中表現的品德那麼偉大。假若蘇格拉底處在亞歷山大大帝的地位上會是什麼樣？亞歷山大大帝處在蘇格拉底的地位上會是什麼樣？若問前者，他能幹什麼，他會回答：「征服世界」。若問後者他能幹什麼，他會說：「按照人

的自然狀態過人的生活」，而後者倒是一門更具普遍意義、更合情理、更艱深的學問。精神的價值不在於爬得高，而在於行得正。

精神的偉大在於表現得有節制、有分寸，而並非表現為心高氣盛。有的人從我們的內在品質來評斷我們，這種人不看重我們在公共活動中閃耀的光華，認為那不過是從淤泥厚積的河底濺出來的晶瑩水花。有些人以外表來判斷人，視我們的外表斷定我們有什麼樣的內在氣質。他們無法把我們身上那些普通的、他們也有的官能與另一些令他們讚歎的、他們難以企及的本領聯繫起來。我們不也認為魔鬼必定長得奇形怪狀嗎？誰又不把帖木兒地想成兩眉倒豎、鼻孔圓張、面目猙獰，並且根據他的名字想像他必定身材出奇高大呢？

心靈高尚的人有時因受到某種外界的刺激會幹出壞事，同樣，心靈邪惡的人有時受某種外界的刺激亦能做好事。所以評價一個人時，至少應處於穩定的狀態或把他放到家庭生活的環境中來評價他。

人的本性不可能連根拔掉，只能遮蓋它、隱藏它。

因此企圖用新觀點來審查當今社會風氣的人，充其量只能改造社會的表面弊病。而其本質上的罪惡，不說他們在使之擴大和增加，至少是讓它原封不動。擔心罪惡會擴大和增加是有理由的，因為人們停留於外表的、隨意的改良，便往往放棄其他益舉，而改良可收「事半功倍」之效，這樣，人們就放過了那些本質性的、內在的罪惡。請看一看我們的經驗：每個人——如果他審視自己——都會發現自己身上有一種固有的、占主導地位的存在方式，這種存在方式在和教育及與它相抵觸的激情風暴作鬥爭。

真正可譴責的，是人們閉門思過時竟也充滿墮落和汙穢，改邪歸正的思想被他們糟蹋和歪曲了，所以其懲罰的方式是病態的、罪惡的，與犯罪相差無幾。有些人，或者因為與罪惡有本性上的聯繫，或者因為罪惡成了積年的習慣，他們已感覺不到它的醜陋可憎。另一些人為自己的罪過愧疚，但愧疚感常被樂趣抵消，於是他們容忍罪過，並且不惜付出一定的代價沉溺於中而不能自拔。所以，那種為了一點微小的歡樂而犯了大罪的情況或許是可以想像的，正如我們前面說過的功利與誠實的關係一樣。不僅像順手牽羊這類偶爾為之、不構成罪惡的行為是如此，而且像眠花宿柳這樣真正稱得上罪過的行為也是如此。因為誘惑十分強烈，而且，有時是無法抗拒的。

對於那些來勢迅猛的罪過我們暫且不談。但那些經過多次內心鬥爭而又多次重犯

的，或者是性格造成的，甚至已變成了職業和營生的罪過卻不能不留心；這種罪過在一個人的心裡植根如此之久，怎麼可能不得到他的理智和良心的允許和贊同呢？因此，他所吹噓的悔恨，實在令人難以想像。

畢達哥拉斯學派都反對斯多葛主義的訓誡。後者要我們改正自身的不足和惡習，但告誡我們不要為此感到懊惱和鬱鬱不樂。前者讓我們相信，他們對自身的不足和罪過深感內疚和悔恨，但我們絲毫看不出他們有改過自新、與過去決裂的意思。然而不除掉病根，就不算痊癒。假如把悔恨與罪過放在天平的秤盤上，悔恨會重於罪過。

任何決策的力量都寓於時間，環境和事物本身都在不停地運轉和變化。

福基翁曾給雅典人出了個主意，未被採納，而事情的發展與他的想法相反。於是有人問他：「福基翁，事情進展得這麼順利，你高興嗎？」「我很高興，但我並不後悔我提了那樣的勸告。」

事實如此，當事情已經過去，不管是好是壞，你可以總結經驗，但最好別後悔你所做的事。因為，過去了的事已進入宇宙的流程，進入斯多葛思想的因果循環，你的

願望、想像不能變動其分毫。萬物的整個秩序——過去和未來，都不會顛倒。

※ **賞析**

中國人說，世間無後悔藥，道理很簡單，凡事三思而行。盡全力，用盡心思去謀事，事後結局無論成敗得失，皆不要對過去的事耿耿於懷。耿耿於懷者有兩類，一類是取得了一定成績者，責怪自己未能取得更好的佳績而懊惱、悔恨，這種心態世人定義為貪婪、不知足；另一種便是失敗者、無所獲得者，此種人往往會假設，假若先前這樣好了，假若……哎！要不然也不會這樣。此類人，注定會在自哎自嘆中了卻餘生。其實，人的一生不知做過多少件事情，成敗都在情理中，又何必自己和自己過不去呢？！

論相貌

蘇格拉底所有的高貴品質都很完美，但令人掃興的是，他的容貌和體態卻又讓人不敢恭維。正如人們所說，他的體態容貌同他的心靈美真可謂相差千里，而他對美又如此情有獨鍾，大自然對他太不公平。

「靈魂放置於什麼樣的身體對靈魂至關重要，身體的多種作用可使心靈敏銳，其餘的作用則使心靈遲鈍。」西塞羅談的是反常的醜陋和四肢的畸形，然而我們卻把主要表現在臉上讓人一看不討人喜歡的東西也叫做醜陋，而且不討人喜歡的原因往往又微不足道：諸如臉色、斑點、粗魯舉止以及某種難以解釋清楚的原因。

拉波埃提人醜而心靈極美，他的醜陋就屬於這種性質。此種表面的醜陋雖十分嚴重，對人的精神狀態損害卻比較小，而且對評價人起不了多少的作用。另一種醜陋，其更確切的名稱叫畸形，則是更實質性的醜陋，這種醜陋通常對人的打擊更為深重。顯示腳形的並非一切光亮的皮鞋，而是所有鞋形好的鞋。

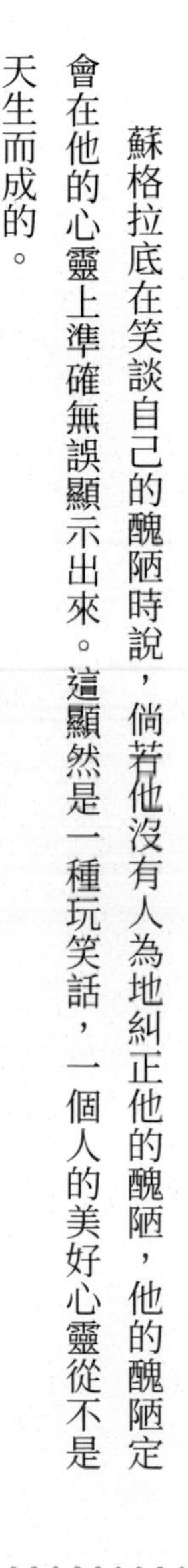

蘇格拉底在笑談自己的醜陋時說，倘若他沒有人為地糾正他的醜陋，他的醜陋定會在他的心靈上準確無誤顯示出來。這顯然是一種玩笑話，一個人的美好心靈從不是天生而成的。

坎特·庫爾斯把美稱作短期的專橫，柏拉圖則稱其為自然的特權。世上沒有任何東西的聲望超過美的聲望，美在人們的交往中占據首要位置；美先聲奪人，美以極大的權威和它給人的絕妙印象引誘我們並影響我們的判斷力。弗里內如果不曾解開她的裙袍以她光豔照人的美麗腐蝕法官，她的訴訟就會在一位優秀律師手裡敗訴。居魯士、亞歷山大和凱撒這三位世界的主宰在營造他們的偉大事業時也並沒有忘記美，大西庇奧亦復如是。同一個希臘字包含著美和善，聖靈往往把他認為美的人叫做好人。一支由古代某位詩人譜寫的柏拉圖認為家喻戶曉的歌對財產排列的順序是：健康、美麗、財富。

亞里斯多德說，指揮的權利屬於俊美之人，當有些人接近諸神雕像的俊美時，這些人同樣可以享受人們的崇敬。有人問他，為什麼人們同俊美之人交往更頻繁而且時間更長時，他說：「這個問題只應由盲人提出。」大多數哲人以及最偉大的哲人都借助他們的俊美交學費獲得智慧。

依據一個人臉部的輪廓、表情和線條有助於推斷其內在氣質或未來的命運，它們似乎並不直接也不單純屬於美和醜的話題，正如香味及清新空氣不一定都能保證人的健康，瘟疫流行時空氣裡的臭味也不一定都傳染疾病一樣。指控女士們的品性與她們的美貌背道而馳的人並不一定都有道理，因為線條並不十分端正的臉龐可以有正直忠誠的神氣。相反，有著美麗容顏的某些人，其眉目間有時也透露出令人害怕的狡詐和危險的本性。有使人產生好感的相貌存在，在眾多得勝的敵人當中，你可能立即選出這一位而不是那一位陌生人以交付自己的性命，而你作出這樣的選擇並不一定只考慮了對方的美和醜。

外貌的美醜並不能表明一個人是好是壞，但是，外貌對一個人仍有某種重要作用。倘若讓你去鞭撻惡人，其中鞭撻得最猛烈的應該是違背了諾言的人。

有些人相貌顯出福相，另一些相貌卻顯出福薄。應該有某種技巧可以使人區別溫厚相貌和蠢相；區別嚴厲相貌和粗野相貌，區別狡詐和善意的狡黠、倨傲和悒鬱以及諸如此類的近似的品質。有些美人不僅顯得傲氣，而且乖戾，另一些美人則溫柔而又非淡而無味之美所可比擬。

相貌對人未來的影響，這將是以後要探討的問題。對待相貌，最理性的措施便是「順應自己。」

※ **賞析**

「人不可貌相，海水不可斗量。」這是一句老幼皆知的話，說的是不要以貌取人。是啊，有著高貴品質的蘇格拉底，卻是容貌醜陋。近代史上，有著美男子之稱的汪精衛卻是一個賣國賊。三國時期，孔明的妻子，史上有名的阿醜卻是在女子無才便是德的年代憑智慧讓諸葛亮甘願拜倒在其石榴裙下的。所以說，容貌的美醜絕不能用作考察人好壞的標準！

論年齡

人受大自然的擺布，故會經常遭遇各種不測，倘若有人能免遭這些不測，他們的壽命便會長久些。然而等到自然衰老再壽終正寢，這樣的死法是非常罕見，少之又少的。

一個人倘若渴望自己無病無恙善終而老死，這樣的想法毫無價值且是極為可笑的。如今，我們把老死善終稱為自然死亡，認為這是符合自然規律的；而認為一個人死於疾病、或死於車禍、或從高處墜落而亡都是違背自然規律的。好像這些不幸都不是我們通常情況下遇到的，我們可千萬別這樣想，這些不幸也許更應該稱為自然，因為它們經常發生在我們身邊，故此可以說是常見且很普遍的事情。

老死是一件很特殊、甚至有點異常的事情，因為是十分罕見，故而人們對它更加嚮往。這是一種愚蠢的行為，因為他們不明白善終而死這是最後也是極端的死法，它以不可超越，是自然規律規定不可踰越的，故此，對它不可期望太高。一個人倘若一生能善終而亡，那便是得到了它的特別垂青，這種特殊的垂青在很長一段時間裡或許僅有個別人才能享有。享有這種垂青後，他就會在漫漫的人生中安然度過自然所設下的艱難險阻。

一個人，當他年滿二十歲時，心靈是否成熟便能初見端倪，其成熟的程度可以預示他將來有何作為。過去到了這個年齡還沒有顯示出自己力量的人，後來也從未曾顯示過什麼。在這個時期，人的天生素質和品德，正展現其活力和美好的地方，不然就永遠也不會再展現了。

綜觀人類古今有大作為者大多數都是在三十歲之前而非三十歲之後。古代和現代都一樣，而這點還往往體現在人們的一生當中，他們光輝的一生依賴於自己年輕時所取得的榮譽。他們作為偉大人物，是跟他人比較而言，而不是跟自己本身相比。一個人超過四十歲後，他的思維和體格就縮多長少，退多進少的了。那些善於利用時間的人，其學識與經驗可以隨年歲而增長，但朝氣、敏捷、毅力以及其他一些我們固有的更為重要的基本品質，都要減退並且衰弱下去。

律克里修對年齡的描述有過這樣一段精彩的話——年歲的重負壓彎了我們的身軀，四肢日漸無力，腦筋不聽調遣，說起話來囉唆，思索起來混亂。

有的人是身體先衰老，有的人是心靈先衰老。有許多人他們腦子的衰退比腸胃和腿腳的衰退都來得早，由於得這種毛病的人自我感覺不明顯，而且病徵也不大顯露，因此越發危險。解決這個大腦衰退的唯一可行性的辦法便是延長工作年限，增加工作時間，確保大腦每一刻都高速運轉。當然，這同樣有一個年齡時限，到最後還得善終或不善終而亡。

※賞析

孔子曰：「三十而立，四十而不惑，五十而知天命……」便是對人年齡最早的描述了。

人的一生到底有多長時間沒人能知道，各種意外和不確定因素都有可能使一個人隨時「駕鶴西遊」。

隨著時代的發展，生活水平的提高，保健意識、醫術水平的增強，前人所謂七十古來稀以並不稀罕，七十高齡者大有人在，甚至人的平均壽命正在逼近這個數字。因此說，時代進步了，人的壽命也增長了。

通觀蒙田對人的年齡的論說，我們要謹記於心的是，保持心智健全的最好辦法便是多動腦、勤思考，如此也能老當益壯、鶴髮童顏。

論想像的力量

學者們這樣描述想像的力量：強勁的想像產生事實。每個人都有想像力，且有很大部分人被它弄得神魂顛倒。

加呂．維比多年來潛心研究精神病的病源和規律，到頭來搞得自己也瘋瘋癲癲，到了不可治癒的地步。當然，他也許會吹噓那是因為自己太聰明才變瘋的，但這樣的說法有幾個人會相信？有些人因恐怖而幻見到劊子手的手。還有一個犯人，當人家把他鬆綁，對他宣讀赦詞的時候，竟為他自己的想像所打擊，已僵死在斷頭台上了。我們受想像搖撼而臉紅、流汗、顫慄、變色，倒在羽絨的床上，因為感覺我們的身體受它震動有時竟至斷氣。幻想是以讓處於旺盛青春時期的我們興奮難熬，熟睡時也會在夢中滿足情慾。對此魯克烈斯說：「像煞有其事似的，他們往往盡情流淌，那滔滔不竭的白浪，玷汙了他們的衣裳。」

儘管在夜裡夢見自己的額頭長出角來已不是什麼新鮮事，因為在夢境中什麼都有可能發生，但是發生在義大利國王居普斯身上的事仍值得一提。一天，他興致勃勃地觀看完一場鬥牛比賽，當晚，整夜都夢見自己的頭上長角，他以為這是真事，嚎啕大哭，突然，他竟恢復了曾被大自然剝奪的嗓音。

有人把達戈爾國王和聖法蘭西斯身上的傷疤歸因於想像力。還有人說，想像力有時候能讓人騰空而起。塞爾蘇斯敘述說，有位神父對宗教心醉神迷，竟然到了長時間不呼吸，身體也無感覺的地步。奧古斯丁也提到過一位神父，他只要一聽見悽慘的呼號便會昏過去，而且靈與肉分離得那麼厲害，任你怎樣在他耳邊大聲疾呼，搖他、刺他、烙他也枉然，直到他自己醒過來才止。那時，他便說他剛才聽見些聲音，不過彷彿自遠處傳來，現在也感刺烙的創痛了。這並不是一種矯揉造作，只要看他那時全無脈搏和呼吸便可知不是假的。

倘使說那些幻覺、魔法以及大自然的一切奇蹟主要都是我們的想像力所致，這是很有可能的。而其中意志薄弱者是最容易受想像力左右的，他們對什麼都信以為真，沒有看見的東西以為看見了。

對於人們廣為談論，困擾著我們這個年齡的「繩結」問題，有人說那僅僅是由害怕和擔憂所致。有一個很健康的人，毫無患陽萎或中邪術的嫌疑，只聽過他一位朋友

說及一種痿疲症在最不需要的時候降臨，等到他自己也處於同樣的地位時，這可怕的想像力竟騷擾他那麼厲害，他竟陷入同樣的境遇。從那天起，那種對於這災患的可惡回憶（想像）屢次侵擾他、挾制他、使他重犯此病。後來，他在另一種幻想上找著了療治這幻想症的藥方：那就是事前預先宣布和承認他患有一種疾病，他精神的緊張便得以放鬆，因為他生理上的「弱點」既然是意中事，他的歉疚心情便輕減而不那麼沉重地墜著他的心了。到了他可以任意選擇交歡的時候了，他的精神便自由和解放了，他的肉體也修整如常了，他於是開始嘗試、思索，趁著女方不留神的當兒強行交歡，他這疾病遂告痊癒。

對一個女人來說，過去她說既然願意交歡，她便不會再拒絕交歡的要求，除非她正處於疲勞的狀態。

如果有犯這種不幸之疾，那就是當交歡時精神過於受慾望或猜疑的刺激，尤其當機會是屬於意外及迫切的性質時，要鎮靜這種慌亂簡直沒有辦法。

埃及國王赫摩斯二世娶了一位漂亮的希臘少女拉奧迪斯為妻。一向很出色的他發現，在自己的妻子面前，自己反而變得無能為力。他狂怒不已，懷疑拉奧迪斯是個女巫，且威脅說要殺了她。因為這全屬於幻想，她勸他求助於愛神維納斯，並獻祭品供奉她，正如想像當中的一樣，赫摩斯在當晚就神奇地恢復了正常。

女人不應該用高傲、躲閃和蹙眉的態度耍弄那些被她們挑起情慾的男人，因為這樣只會熄滅他們的激情。畢達哥拉斯的人就說，一個女人同男人睡的時候應該把羞恥和她的褲子一齊卸下，等到穿裙時再把它穿上。進攻者的心，受了各種的驚駭，很容易迷失。如果他的想像一度使他感受這羞辱（他只在第一次接觸時感受到它，接觸越劇烈越凶猛，他感受得也越厲害，而且，也因為在這初次的親密中人們特別怕失敗），開端既不利，他將因此而惱怒，以致日後這不幸會繼續發生。

新婚夫婦有的是時間，所以如果沒有準備好，切莫勉強急於行事。與其第一次遭到拒絕因而激惱而陷入長期的困擾，還不如等候那親切的和情會意的時機。未得手之前，只應該在不同的時候用突擊的方法悄悄地嘗試著叩開情扉，可千萬不要憤怒，或固執一己的肉慾。那些知道人類的肢體是會順應情慾的人，讓他們去馳騁他們的幻想吧。

男性這一器官的無拘無束和桀驁。它是那麼不合時宜地亢奮，當我們不需要它的

時候，它躍躍欲試，難以控制；而最需要它的時候，它又那麼不合時宜地臨陣退縮，那麼迫切地違抗我們意志的權威，又那麼傲岸而且剛愎地拒絕我們的心和手的祈求。

事實上，我們身上的器官並非只有它違背我們的意願，只要你靜心想一想，便能想到，我們身上的每一個器官都違背過我們的意願而自行其是。人身上的每個器官都有它自己的慾望，它們的甦醒和沉睡根本不受我們的控制。多少次我們的臉色不知不覺間泄漏我們要守祕密的念頭，把我們出賣給那些在我們周圍的人！將我們藏在心底的隱私曝於天下。這樣的慾望同樣還會活化我們的肺、脈搏以及心臟。我們的眼睛一接觸著可愛的東西，便自然而然地在我們身子裡散布熱情的火焰。難道只有這肌肉和血脈才會無視我們的意願和想法，自行其是的鼓起和收縮嗎？害怕或激動的時候，我們並不指使我們的頭髮悚立，或指使我們的皮膚為了慾望或恐懼而顫慄。手常伸向我們不曾使它伸過的地方去，舌頭僵硬和聲音凝結都各有它自己的時辰。當我們沒有什麼東西可煎熬，很願制止它的時候，食慾並不停止去擾亂那些在它管治下的部分，比起這另一種欲念來，不多亦不少，而且它喜歡不理我們。用來卸除我們腸肚的器官自有它的伸漲或收縮，不以我們的意旨為轉移，卸除我們的腎與膀胱亦是一樣。為了證明意志是全能的，奧古斯丁稱他親眼看見一個能夠控制放屁的人，想放多少就放多

少，雖然他的註釋者威微（Vives）又用當時另一個例子強調這話的意思，說有人可以照別人當著他誦讀的詩句用屁組成旋律，我們也不能因此斷定這器官真能如此隨意調度。

但是，我們的意志——為了它的主權我們提出這種譴責——可以控告它謀反與叛逆的證據更多了。它是那麼不循規則與不隨人意！它難道永遠要求我們想它所要求的麼？它能聽我們理性的結論來指揮麼？

或許是在想像力的作用之下，有個人幸運地在法國治癒淋巴結核，而他的朋友卻沒有治好，把病又帶回了西班牙。因此，你也許會明白，為什麼在這種情況下，病人需要對自己的治療有良好的心態。為何醫生要在給病人治療之前反覆向他們保證可以痊癒，而病人隨之而建立起的信念，在想像力的幫助下，有時反倒真的會協助功效不大的湯藥而奏效呢？因為醫生非常清楚這一點，正如有位神醫曾寫到的，有些人只要一見到藥，病自然就好了。

有位婦人以為自己在吃麵包時不小心吞下一枚別針，非常著急，到後來是又哭又鬧，總感覺喉嚨疼痛難忍，彷彿真的有東西卡在那裡一樣。後來她求助於一位醫術高

明的大夫，大夫替她仔細檢查了一遍。從外表看，那位婦人的喉嚨既無腫脹又無其他異常，於是他斷定這僅僅是她的幻覺，而她的不適大概是麵包戳到了喉嚨引起。於是他想辦法讓她嘔吐，然後在她的嘔吐物中偷偷地扔一枚別針，婦人以為別針真的被吐出來了，頓無什麼疼痛感了。

以上這些例子都是說明思想和身體是相互影響的，但想像力不僅僅作用於自身，有時還會影響到他人，這就是另一回事了。疾病通常會傳染到左鄰右舍或是與之接觸的人，我們可以看到瘟疫、天花等總是蔓延整個城市。同樣，想像力一旦被激發，也會影響到別人。

※ **賞析**

世間任何事情都有可能發生的，對那些看似難以置信的事例，只要有可能發生的，我們都應該把它當作真人真事來處理。

曾經有人從義大利的比薩給波希米亞國王查理帶來一個渾身長毛的女嬰，她的母親說那是由她床上掛的一副聖·約翰的畫像造成的，這僅僅是一個故事，想像的力量是否有足夠的影響還需等待更進一步的論證。

論對孩子的教育

對孩子的教育是人類最難也是最重要的學問。

正如播種，種植以前的準備工作非常簡單，播種也不難，可是播下的種子一旦有了生命，就有各種培育的方式，會遇到種種困難。人也一樣，播種無需特別的技巧，可是人一旦出世，就要培養和教育他們，給予無微不至的關懷，為他們鞍前馬後、忙忙碌碌、擔驚受怕。

人在年幼時天性的表現是那麼模糊，趨勢又是那麼不穩定，要對這些做出判斷和推測是非常困難的。人一旦長大，便會受到各種習慣、意見、法律和習俗的影響，很容易改變或掩藏自己的天性。

中國人有一句古話說江山易改，本性難移，用強迫的方式去改變孩子的天性是很難的。常有人用很多時間，孜孜不倦於培養孩子做他們勉為其難的事，因為選錯了路，結果徒勞無功。但是，既然教育孩子如此之難，就應該引導他們做最好最有益的事，不要過度致力於猜測和預料他們的發展。就連柏拉圖在他的《理想國》中，似乎也給予孩子們很多的權力。

知識是華麗的裝飾，是有著奇妙用途的工具，尤其是對於地位高貴的人更是如此。說實話，對於那些地位低下卑賤的人，知識並不能發揮它真正的用途，在對孩子的教育上，要注意以下幾方面的問題。

為孩子選擇一個稱職的家庭老師。選擇什麼樣的人做孩子的家庭教師，決定他受教育的效果。作為貴族子弟，學習知識不是為了圖利（這個目的卑賤淺陋，不值得繆斯女神垂青和恩寵，再說，有沒有利益，這取決於別人，與自己無關），也不是為了適應外界，而是為了豐富自己、裝飾自己的內心；不是為了培養有學問的人，而是為了造就能幹的人。因此，應多多注意給孩子物色一位智商高於知識的老師，二者如能兼得則更好，如不能，那寧求道德高尚，判斷力強，也不要選一個光有學問的人。現階段普遍流行的教育方法便是拚命地往人耳朵裡灌東西，就像灌入漏斗裡。人們的任務也僅僅是鸚鵡學舌，重複別人的話，這樣的教育方式早以不適應時代的要求，因此，非常有必要進行改進。身為家庭教師，在走馬上任時，就要根據孩子的智力，對他進行考驗，教會他獨立欣賞、識別和選擇事物，有時領著他前進，有時則讓他自己披荊

斬棘。老師不應該一個人想、一個人講，也應該聽他的學生講一講。蘇格拉底及後來的阿凱西勞斯就先讓學生講，然後他們再說。「教師的權威大部分時間不利於學生學習。」

老師應讓學生在他前面小跑，以便判斷其速度，決定怎樣放慢速度以適應學生的程度。如果師生的速度不相適應，事情就會弄糟，怎樣選擇適當的速度、取得一致的步調，這是一件很艱難的事。一個高尚而有眼力的人，就要善於屈尊遷就於孩子的步伐，並加以引導。

通常，不管學生的能力和習慣多麼相異，課程和方法卻千篇一律。因此，毫不奇怪，在一大堆學生中，能學有所成者寥寥無幾。

教師的職責不僅要求學生說出學過的哪些字詞，而且還要說出它們的實質意義；對學生的學習能力進行評估時，不能僅憑他記住了多少課本知識，還要看他的生活能力，是否能學以致用。學生剛學到新的知識後，老師應遵照柏拉圖的教學法，讓他舉一反三、反覆實踐，看他是否真正掌握，真正變為自己的東西。吞進什麼，就吐出什麼，這是生吞活剝、消化不良的表現。腸胃如果不改變吞進之物的外表和形狀，那就

是沒有進行工作。

大腦沒了信任就很難發揮潛能。當受到別人想法的束縛、指使，被他人的權威奴役和迷惑時，我們就猶如脖子上被套了根繩索，也就步履沉重，失去了活力和自由。「他們不可能做到自己支配自己。」

如果學生能透過自己的思考來掌握他人的觀點，那就不再是別人的觀點，轉而是自己的了。跟在別人後頭的人其實什麼也沒跟，他會一無所獲，甚至可以說他什麼也不想獲得。「我們不受任何國王的統治，人人有權支配自己。」學生起碼應該知道自己知道了什麼，應該運用那些哲學家的觀點，而不是死背他們的教條。如果願意，他盡可以忘記那些教導出自何處，但應把它們變成自己的東西。真理和理性是大家共有的，不分誰先說誰後說，只要看法一致。蜜蜂飛東飛西採擷花粉，但釀成的蜜卻是牠們自己的。同樣，學生從他人那裡借來斷章殘篇，經過加工和綜合，做成自己的作品，那就是自己的看法。他受的教育，他的工作和學習，都是為了形成自己的看法。

從何處得到這些養料可以不用展示，他只需從展示中得到成果。大凡抄襲和借用的人，只炫耀他們建造的房屋，他們購得的物品，而非從別人那裡汲取的東西。法官

收受的禮品，你是看不見的，你只見他為他的孩子們贏得了姻親和榮譽。誰都不會將自己的收入歸於公家，只會將獲得的財物據為己有。

學習的益處是使我們變得更完善更聰明。

埃庇卡摩斯說，唯有理解力看得著、聽得見，它利用一切，支配一切，影響和君臨一切，其他一切都耳聾眼瞎，沒有靈魂。自然，由於我們不給理解力以行動自由，它變得唯唯諾諾、畏首畏尾。誰曾讓自己的學生就西塞羅這個或那個格言的修辭和語法談過自己的看法？人們把這些裝有羽毛的警句格言當作神諭往我們的腦袋裡灌，一個字母一個音節都構成事物的要旨。背熟了不等於知道，那不過是把別人講的東西儲存在記憶中。真正知道的東西，就要會使用，不必注意老師，不必看著書本。死背書本得來的才能，是令人遺憾的才能，但願這種才能只作為裝飾，而不作為基礎。這是柏拉圖的看法，他說：「堅定、信念、真誠是真正的哲學，與之無關的一切知識都是裝飾品。」

此外，人們認為，小孩不宜在父母的懷抱里長大，因為這種天然的骨肉之愛，會使父母變得過於心慈手軟，哪怕是最有理智的父母。他們不忍心懲罰孩子的過錯，不願看到對孩子的教育太粗暴，太受規矩束縛，太冒風險。他們見不得孩子操練歸來汗流浹背、滿身塵土、受冷受熱，也見不得他們騎烈馬，手持無鋒劍同嚴厲的教練搏鬥，或第一次拿火槍。教育孩子別無良策，誰想使孩子有出息，就不應在青少年時期對他們姑息遷就，而應該常常違背醫學規律。

賀拉斯認為教育孩子應該讓他生活在野外、擔驚受怕。不光要錘鍊他們的心靈，還要鍛鍊他們的肌肉。心靈若無肌肉支撐，孤身承擔雙重任務，會不堪重負。勞動能磨出耐痛的繭子，要鍛鍊孩子吃苦耐勞，這樣，他們就能忍受脫臼、燒傷和各種苦難。很難說他們不會遭受牢獄和酷刑之苦，有時候，好人也會像壞人那樣坐牢和被拷打。我們要經得住考驗。有些人目無法律，會用皮鞭和繩索威脅正人君子。

再說，老師對孩子的權威應該至高無上，如果父母在場，就會受到中斷和妨礙。此外，孩子受父母溺愛，或者從小就知道自己家是豪門貴族，這對他只有壞處。

在培養交往能力時，沉默和謙遜有利於同人交往。聽到別人胡言亂語，不要怒形於色，因為聽到不合自己趣味的東西就面有慍色，是不禮貌和令人討厭的行為。要教育孩子注意自身修養，自己拒絕做的事，別人做了也無須責怪，不必同習俗格格不入。

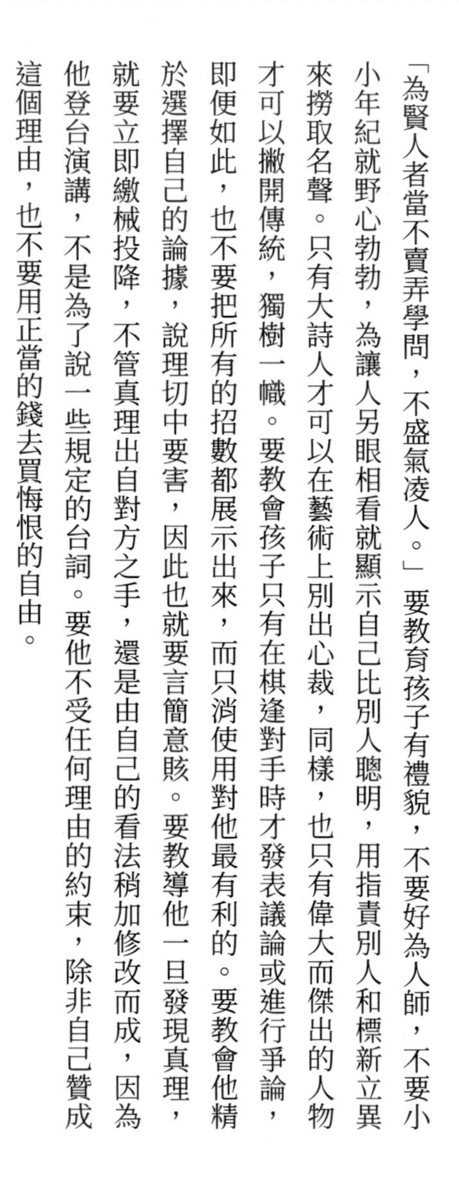

「為賢人者當不賣弄學問，不盛氣凌人。」要教育孩子有禮貌，不要好為人師，不要小小年紀就野心勃勃，為讓人另眼相看就顯示自己比別人聰明，用指責別人和標新立異來撈取名聲。只有大詩人才可以在藝術上別出心裁，同樣，也只有偉大而傑出的人物才可以撇開傳統，獨樹一幟。要教會孩子只有在棋逢對手時才發表議論或進行爭論，即便如此，也不要把所有的招數都展示出來，而只消使用對他最有利的。要教會他精於選擇自己的論據，說理切中要害，因此也就要言簡意賅。要教導他一旦發現真理，就要立即繳械投降，不管真理出自對方之手，還是由自己的看法稍加修改而成，因為他登台演講，不是為了說一些規定的台詞。要他不受任何理由的約束，除非自己贊成這個理由，也不要用正當的錢去買悔恨的自由。

要讓孩子的言談中閃耀出良心和美德，唯有理性作指導。教他懂得，當他發現自己的論說有誤時，即使旁人尚未發現，也要公開承認，這是誠實和判斷力強的表現，而誠實和判斷力正是他追求的重要品質。還要他懂得，堅持或否認錯誤是庸人的品質，這在越是卑賤的人身上越明顯。他應該知道，修改看法，改正錯誤，中途放棄一個錯誤的決定，這是難能可貴的品質，是哲學家的品質。

要告訴孩子，和別人在一起時，要眼觀四路，耳聽八方，讓孩子明白每個人的價

值：農夫、泥瓦匠、還有過路人。應學眾人之長，有朝一日總能派上用場，甚至他人的魯莽對他也能造成警示作用。透過觀察他人，引導他效仿得體的舉止，鄙棄不雅的姿態。

應該培養他探詢一切的好奇心，讓他探究事物的究竟，對所有新奇的事物要弄個明白：一幢房子、一池泉水、一個人、古戰場等等。

讓孩子了解君王的風度、才華和婚姻。這些東西學起來妙趣橫生，懂得後又很有價值。

在和人的交往中，透過閱讀史書他將與輝煌時代裡最偉大的人物交往。

這樣的學習也許會徒勞無益，但也可能碩果纍纍，這取決於人們的意願。正如柏拉圖所說的，這是斯巴達人唯一珍視的學習。孩子閱讀普魯塔克的《名人傳》，怎能不大有收益呢？但是，為師者不要忘了自己的職責，不要讓學生死記硬背迦太基滅亡的日期，而忽略漢尼拔和西庇阿的品性。不要光讓學生記住馬塞盧斯死於何地，卻不講清楚為什麼他那樣死不是死得其所。老師不光要教學生歷史故事，更要教會他如何判

斷。

要告訴孩子，何謂知之，何謂不知，學習的目的是什麼；何謂英勇，何謂克制和正義；雄心與貪婪、奴役與服從、放縱與自由之間區別何在；什麼是識別真正滿足的標誌；對死亡、痛苦和恥辱，害怕到什麼程度而不為過，以及怎樣避免或忍受痛苦。

要告訴他什麼動力能驅使我們前進，什麼方法能促使我們不斷變化。為了培養孩子的判斷力，首先應該向他灌輸對他的習慣和意識能起決定作用的東西，教他認識自己，教他如何死得其所，活得有價值。

教會了孩子如何使自己更聰明更優秀之後，就可以教他邏輯學、物理學、幾何學和修辭學了。他的判斷力已經培養起來，他所選擇的學科，他很快便能融會貫通。授課方式有時可以透過閒談，有時則講解書本；可以讓他閱讀跟他的課程有關的作者選段，也可以詳細講解精神實質。如果孩子自己不十分善於讀書，發現不了書中的精彩論述，老師可以有目的地給他選些作家作品，根據不同需要提供不同材料，發給他。

這樣的授課方法，遠比授課時盡講些晦澀難懂、索然寡味的原理和空洞枯燥的詞

語而絲毫不能啟發智力的東西要強上千百倍。

不僅要教孩子崇尚美德，還要教他崇尚愛情，讓美德與愛情充滿他的靈魂。此外，要告訴孩子，詩人作詩總是遵循普遍的特徵，把愛情作為永恆的主題。奧林帕斯山的諸神更樂意把汗水灑在通往維納斯而不是雅典娜的道路上。要讓孩子懂得，真正美德的價值和高貴之處，在於簡單、實用和愉快，它離困難很遠很遠，無論是孩子還是大人，頭腦簡單的、還是機敏過人的，都一學就會。美德使用的手段是給以規定，而不是強制。它的第一個寵兒蘇格拉底有意放棄強制的做法，而是自然、輕鬆、逐漸地獲得美德。它就像母親，用乳汁哺育人類的快樂：當它使快樂合情合理，也就使它們變得真實純潔；如果節制快樂，也就使它們精神振奮，興致勃勃；如果它把拒絕接受的快樂去掉，就會使我們對剩下的更感興趣；它把我們本性所需的快樂全部留給我們，十分充裕，我們得以盡情享受慈母般的關懷，直到心滿意足，甚至直到厭倦（也許我們不願說控制飲食是快樂的敵人，它使飲者未醉便休，食者胃未反酸便停止咀嚼，淫蕩者未患禿髮症便洗手不幹）。假如美德缺少通常的好命運，它就乾脆避開或放棄，另造一個完全屬於它自己的命運，不再是搖搖擺擺、變化不定。它善於成為富豪、強者和有學問的人，睡在用魔香熏過的床墊上。它熱愛生活，熱愛美麗、榮譽和

健康。但它所特有的使命，就是善於合法地使用這些財富，也善於隨時失去它們：這使命與其說艱難，不如說崇高。沒有它，生命的任何進程就會違反常態、動盪不安、醜陋不堪，也就只有暗礁、荊棘和畸形的怪物。

千萬不要把你的孩子當成囚犯，每天逼他學習十幾個小時，像腳伕那樣受苦受累，也不要給他請一個性情憂鬱、喜怒無常的老師。假如他性格孤僻或陰鬱，過度埋頭於書本，而人們明知他這樣做太不審慎卻還姑息遷就，這很不合適，這會使孩子對社交生活和更好的消遣不感興趣。歷史上有很多人盲目貪求知識，最終變得呆頭呆腦，愚不可及。卡涅阿德斯埋頭於書本，神魂顛倒，竟然連刮鬍子和剪指甲都無暇顧及。

教導孩子應該不分時間和地點，融於我們所有的行動中，將在不知不覺中進行。就連遊戲和活動，如跑步、格鬥、音樂、跳舞、打獵、馭馬、操練武器等，也將是學習的重要內容。在塑造孩子心靈的同時，也要培養他舉止得體，善於處世，體格健康。我們造就的不應只是一個心靈，一個軀體，而是一個人，不應把心靈和軀體分離開來。正如柏拉圖所說的，我們不應只培養孩子的一面而忽略了另一面，應同等的對待它們，猶如套在同一轅木上的兩匹馬。

此外，對孩子的教育應該既嚴厲又溫和，而不應該像習慣的做法：不是透過適當的方式鼓勵孩子而是用棍棒的方式讓孩子害怕學習，讓孩子對讀書心生恐懼。

沒有比暴力和強制更會使孩子智力衰退和暈頭轉向的了。如果你想讓孩子有廉恥心，就不要讓他變得麻木。要鍛鍊他不怕流血流汗，不怕寒冷、不怕狂風和烈日，要鍛鍊他蔑視一切危險；教他在衣、食、住方面不挑三揀四，而對什麼都能適應。但願他不是一個柔弱，而是茁壯活潑的小孩。說實話，學校絕對是一座不折不扣的囚禁孩子天性的監獄。老師懲罰孩子，直到他們精神失常。老師的專權蠻橫，尤其是體罰孩子的做法，只會帶來危險的後果。按說他們的教室本該鋪滿鮮花和綠葉，而不是鮮血淋淋的柳條鞭！孩子們收穫的地方，也應該是他們玩樂的地方。

孩子學到知識後，重要的不是口頭上說，而是能否應用到實際行動上。應在行動中複習學過的東西。我們將觀察他行動是否小心謹慎，行為是否善良公正，言語是否優雅和有見地，生病時是否剛強，遊戲時是否謙虛，享樂時是否節制，魚、肉、酒、水的口味上是否講究，理財上是否井井有序。

西塞羅說：「要把學問當作生活的準則，而非炫耀的目標；要善於聽從自己，服

從自己的原則。」

我們應想方設法刺激孩子們讀書的慾望和熱情，否則，培養出來的不過是馱著書本的蠢才。要用皮鞭教他們看管好裝滿學問的口袋，知識應該跟我們合二為一，而不僅僅是我們的房客，這才是正確的做法。

※ **賞析**

每個望子成龍、望女成鳳的父母都希望自己的孩子早日成才，早一天成為對社會有用的人。但是，作為父母，你又是怎樣教育孩子的呢？你是否知道孩子需要什麼樣的東西？你給他了嗎？在你教育孩子獨立成長的過程中，有沒有走進誤解呢？你是一個合格的家長嗎？用心讀讀蒙田先生這篇論對孩子的教育吧，讀懂了，汲取了，便會對你日後教子大有益處。

論學究氣

凡夫俗子與聖賢之士在觀念與學識上的天賦是存在很大差異的，他們的行為方式也可能截然相反。然而歷史上，遭大多數人譴責的對象並非那些凡夫俗子相反是那些頗有學問之人。

普魯塔克曾經說過，羅馬詞語中「希臘」和「學者」是表示指責和蔑視的意思。

這種看法是非常有道理的——最偉大的學者不是最聰明的人。可讓人困惑的是，為什麼一個知識淵博的人卻缺乏敏捷活躍的思想，而一個沒有文化的粗人不加修飾，天生就具有最傑出人物才有的真知灼見？

植物會因太多的水而溺死，燈會因過多的油而熄滅，難道人的思想會因學富五車，以致理不出頭緒，壓得彎腰駝背，枯萎乾癟？可很多的事實表明並非如此，我們的思想越充實，就越開闊。在古代可以找到這樣的例子，有些偉大的統治者、傑出的將領和謀士，同時也是非常博學的人。

亞里斯多德說，有人把泰勒斯、阿那克薩哥拉及其同類稱作哲士，而不是聰明人，因為他們不大關心有用的東西。哲士和聰明人到底有何不同？用這樣兩個似是而非的詞就能為哲學家們辯解嗎？不行！看到他們安於卑賤而貧困的生活，我們真可以把這兩個詞都用上，即他們既非哲士，亦非聰明人。

按照現行的教育方式，如果說學生和先生儘管飽讀詩書，卻並不聰明能幹，這是不足為怪的。我們的父輩花錢讓我們受教育，只關心讓我們的腦袋裝滿知識，至於判斷力和品德，則很少關注。當一位行人向我們的民眾高喊：「瞧！那是個學者！」另一個人又喊：「瞧！那是個好人！」誰也不會把尊敬的目光移向第一位。要等到第三個人喊道：「瞧，那人滿腹經綸！」我們才會樂於打聽：「他懂希臘文還是拉丁文？他寫詩還是寫散文？」可就是不打聽他是不是變得更優秀或更有頭腦了？這是最重要的一點，卻總是被忽視。應該打聽誰知道得更精，而不是誰知道得更多。

我們考察一個人是否知識淵博，往往只注重他的記憶是否豐富，而對理解力和意識卻置之不顧。我們的學究，就像鳥兒有時出去尋覓穀粒，不嘗一嘗味道就銜回來餵小鳥一樣，從書本中採集知識，只把它們掛在嘴邊，僅僅為了吐出來餵學生。

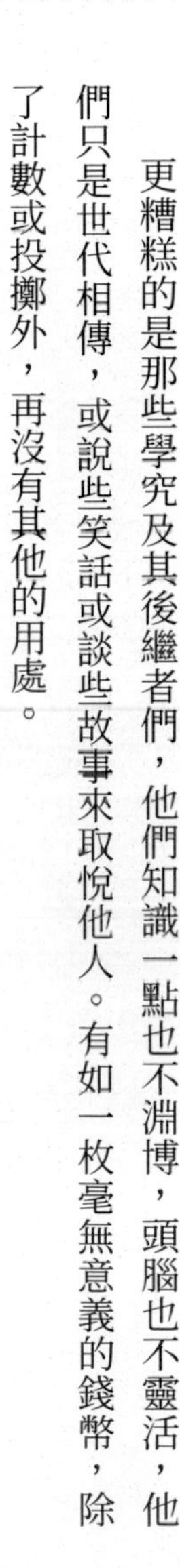

更糟糕的是那些學究及其後繼者們，他們知識一點也不淵博，頭腦也不靈活，他們只是世代相傳，或說些笑話或談些故事來取悅他人。有如一枚毫無意義的錢幣，除了計數或投擲外，再沒有其他的用處。

他們學會了如何與別人交談，卻不會與自己對話——人的價值不是體現在耍嘴皮子的功夫上，而在於其管理能力。

大自然為展示在其統治下沒有任何野蠻的東西，常常讓藝術不發達的民族產生最偉大的精神作品。關於這一點，讓我們來看一則加斯科尼的諺語：「蘆笛不難吹，只要你學會擺弄手指。」這不也很奇特嗎？

我們可以高談闊論——「這是西塞羅的話」，「那是柏拉圖的習慣」，「這是亞里斯多德的主張」等等。但是我們怎樣評價自己呢？我們指責什麼？我們做什麼？連鸚鵡都會重複這些。有這樣一個故事能很好的說明這個現象。有一位羅馬富豪，為了讓人覺著自己很有學問，便花高價，尋覓到幾位各精通一門學問的人，讓他們從不離左右。這樣，當他和朋友聚會，談到各式各樣的問題時，他們就可以代替他交談，根據各人的能力，隨時準備引經據典，這人一段論據，那人一段荷馬的詩句。他認為這學

問既然裝在他那些人的腦袋裡，也就是他自己的了，正如有些人的才智存在於他們豪華的書房裡一樣。

一個大冷天去鄰居家取火的人，看到鄰居家的火堆就烤起火來，等到火滅了才想到自己來此的目的。倘若我們滿足於他人知識的話，那與這個人大概沒有什麼區別吧，我們吃了一肚子的食物，倘若不及時消化吸收，那又有什麼用？

很難想像我們會借助於他人的知識而變得思想豐富。

即使我們可以憑藉別人的知識成為學者，但要成為哲人，卻只能靠我們自己的智慧。

我們不僅僅要去追求智慧，還要會利用智慧。狄奧尼修斯嘲笑那些文學評論家只了解尤列西斯的痛苦，卻看不到自己的不幸；音樂家只會吹奏笛子，卻不會改變自己的習慣；雄辯家只知道怎麼樣說得好聽，但是卻不知怎樣做漂亮。

倘若我們的判斷力不正常，思想不健康，最好別誤人子弟，讓他們去打網球，或別的什麼，這樣至少可以鍛鍊身體。很多人學了多年以後，竟然什麼也不會做。你從

他身上看到的，僅僅是他學了拉丁文和希臘文後比上學前多了些驕矜和傲慢。他們本該讓思想滿載而歸，卻只帶回來浮腫的心靈，不是變得充實，而是變得虛腫。

這些學者們，就像柏拉圖對他們的同類——詭辯哲學家的評論一樣，他們是在所有人中保證要最有益於人類的人，可是，在所有的人中，就數他們不僅不能像木匠或泥瓦匠那樣，把人們交給的任務做好，而且還會做壞，即使做壞了還要拿人家的報酬。

誰要是將這些分布在世界各地的學究仔細加以分析，便會發現，儘管腦袋裡滿是記憶的東西，但他們既不了解自己也不了解別人，沒有判斷力——除非他們的判斷力天生與眾不同。圖納布斯是世界上最有修養的人，無論哪個方面，他只是具有敏銳的洞察力，他領悟得非常快，且能做出正確的判斷，好像他從來就是一個治國和作戰的能人一樣。這樣的人，可以說是很了不起的。這樣就能使他們出汙泥而不染。

知識不應依附於思想，而應同它合二為一；不應用來澆灑思想，而應用來給它染色。知識如果不能改變思想，使之變得完善，那就最好把它拋棄。擁有知識，卻毫無本事，不知如何使用——還不如什麼都沒有學——那樣的知識是一把危險的劍，會給它的主人帶來麻煩和傷害。

如果學問不能教會我們如何思想和行動，那真是莫大的遺憾。倘若一個人不學會善良這門學問，那麼一切知識對他都是有害的。

學習的目的，一般來說是為了謀生。有些人命好，不用賺錢生活，便去搞學問，也有的很快放棄了。除此之外，還有那些境遇不好、而從事學問的人，他們以此做為謀生的手段。這些人由於天性、以及家庭的不良教育與影響，使得他們的思想不能如實地反映學問的成果，因為學問不是用來使無思想的人有思想、使盲人見到光明的。學問的職責不是為瞎子提供視力，而是訓練和矯正視力，但視力本身必須是健康的，可以接受訓練的。學問是良藥，但任何良藥都可能變質，保持時間的長短要看藥瓶的質量。視力好不一定視力正，因此，有些人看得見好事卻不去做，看得見學問卻不去用。柏拉圖在他的《理想國》裡談及的主要原則，就是按每個公民的天性分配工作。天性無所不能，無所不為。腿痛了不宜進行劇烈運動，心靈「瘸」了則不宜進行思想運動，庸人不宜研究哲學。當我們看到一個人鞋穿得不好，就會說那不是鞋匠才怪呢。同樣，根據我們的經驗，醫生似乎往往比常人更不好好吃藥，神學家更少懺悔，學者更少智慧。

難怪希俄斯島的阿里斯頓說：哲學家往往貽誤聽眾，因為大多數人不善於從這樣

的說教中獲得教益，而這種說教無益就是有害。

※ **賞析**

看完蒙田的論學究氣，我眼前立刻浮現出了這樣一個形象：無論天晴或下雨，他總拿著雨傘，無論春夏，他總將自己包裹得嚴嚴實實，那便是中學課本裡的課文《裝在套子裡的人》。主角身為教師，卻拒絕著外界的變化，對新事物持否定態度，像這樣的學者，又怎能為人師。思想極度迂腐，即便有最高深的學問，又怎能教出青出於藍而勝於藍的弟子呢？去除學究氣才是做學問的唯一出路。

論言過其實

先前有一位雄辯家，他逢人便自誇地說：「我可以把小的東西說得讓人以為是大的東西。」其實質是想告訴他人他遣詞用句有獨到的本領。這是一個給小腳做大鞋的鞋匠，倘若是在斯巴達，這種人定會因為危言聳聽而獲受鞭笞。

女人用厚厚的胭脂來掩飾其皺紋和缺陷，這樣的行為倒無可厚非，因為看不看她們的本來面貌，無關緊要。而有意弄虛作假、顛倒黑白、歪曲事物的本質，那絕不能視而不見，因為它不僅僅是在矇蔽我們的眼睛，關鍵在於會影響我們的判斷能力。

在國泰民安、治理有方的國家，如斯巴達和克里特，雄辯家是不受歡迎的。阿里斯托給雄辯術美其名曰：「說服人的技巧」；蘇格拉底和柏拉圖卻將它稱為「使巧弄詐術」。有些人在平時的談話中總是否定它，而到了上台演講的時候卻常常在肯定它。

伊斯蘭教嚴禁孩子們涉足於雄辯術，認為它百無一用。雅典人深受雄辯術之害，索性規定發言人把開場白和結束語通通刪除。這是一架煽動暴民製造動亂的機器，無

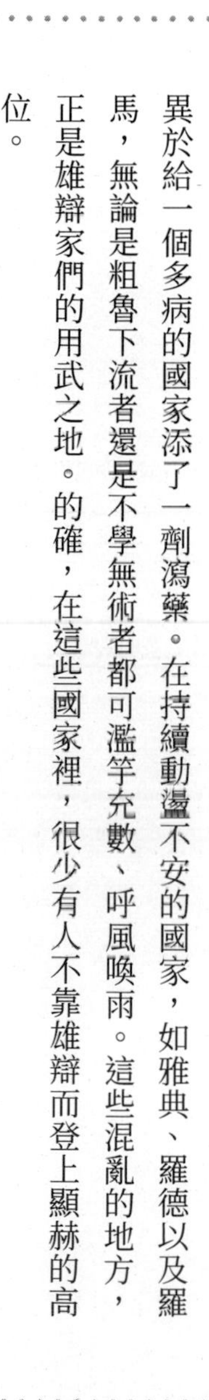

異於給一個多病的國家添了一劑瀉藥。在持續動盪不安的國家，如雅典、羅德以及羅馬，無論是粗魯下流者還是不學無術者都可濫竽充數、呼風喚雨。這些混亂的地方，正是雄辯家們的用武之地。的確，在這些國家裡，很少有人不靠雄辯而登上顯赫的高位。

龐培、凱薩、克拉蘇、盧庫魯斯、蘭圖盧斯、梅特魯斯，他們之所以能夠登上權力的巔峰，完全是雄辯的作用，有時雄辯的作用比軍隊的作用更加重要。而時局穩定的時候，情況就不一樣了。如：沃盧姆斯烏斯支持克·法比烏斯和帕·德烏斯擔族人入選執政官，「這些人，」他強調指出，「來自戰場，身經百戰，久經考驗，功勛卓著，有非凡的組織能力和管理能力。城邦需要判斷敏銳，說理充分，學識淵博的人，這樣的民選官才能明辨是非、主持正義。」

在羅馬，雄辯術盛行之時，是在當公眾事務一塌糊塗、尤其是內亂令人十分不安的時候。那時，雄辯術的盛行如同在一塊荒涼的土地上瘋長的野草。而君主政體則少有雄辯家的市場，因為普通百姓天性純樸，樂意聽一家之言，不喜標新立異。事實上，不輕信花言巧語，並非人人都能做到。只有受過良好教育的人，才有能力抵禦迷魂湯的毒害。在馬其頓或者在波斯，就看不到以雄辯術見長的知名人士。

一位紅衣主教的夥房管事說起他的差事時，表情莊重肅穆，彷彿是在闡述深奧的神學原理：就食慾而論，可分為幾種類型：有餐前食慾，餐後食慾，餐後第二頓之食慾，還有餐後第三頓之食慾等等。餐前之食慾容易滿足，但要誘發餐後第二頓乃至第三頓之食慾，那就大有學問了。拿調味料來說，有原汁原味的，有加了佐料的，風味各有不同。吃沙拉要看天氣，冷天有冷天的吃法，熱天有熱天的吃法。飲品要色香味俱全，不但吃起來要有滋有味，而且看上去也要賞心悅目。再說上菜的程式也很有講究，哪道菜先上，哪道菜後上，對食慾都有舉足輕重的影響。倘若一切果直如此，一頓飯吃下來，是需要頗費一番心血的。

這樣的場合哪是在談論吃飯，倒像是在討論軍國大事，特倫斯先生對此有一行戲說性的文字：

「這個鹹了點，

那個燒過了頭，

好像不夠淡；

這樣就對了；

下次記住照此做。

碗盤碟子，洗得要像鏡子。

指導廚子，

每件事情都須耳提面命。」

保路斯．埃米里烏斯從馬其頓歸來，希臘人為他舉行了盛大的宴會慶典，宴席相當考究。引用這兩個故事，並不是說不要講烹飪技術，不要飲食效果，目的是想說明，煮飯做菜不至於要用上那許多華麗的詞藻。

建築師用他們的行話術語大吹大擂所謂的半露方柱、柱頂過梁、飛檐下帽等等，而且是什麼科林斯柱式風格，什麼是多利斯地方樣式，聽起來玄妙得很，儼然是在建築阿波羅宮殿。其實他們所講的那些東西，跟我們廚房的普通構件一樣。那是因為每個人對自己從事的工作最為熟悉。

有些人張口說話便是轉喻、隱喻、諷喻，還有諸多語法修辭，文謅謅的，彷彿是在談論珍奇異事。神神祕祕，裝腔作勢，不過就是在使喚一個丫鬟而已。

我們的官職建制並不同於羅馬，但用羅馬人的頭銜來稱呼我們的官員，就有點虛張聲勢。如此自欺欺人玩弄自己，遲早會被後人嗤笑。見著古代聖賢享譽經久不衰，我們也緊隨其後，把聖賢的美譽封給不倫不類之人。柏拉圖得了天才的稱號，那是他的成果有目共睹，名副其實。至於那些義大利人，裝腔作勢地說他們是最有理性的民族——才思敏捷，措辭嚴謹，堪稱當今天下第一，未免有點厚顏無恥。不久前，這個頭銜贈予阿雷蒂諾，他的作品在堆砌誇張的詞藻、發揮離奇的想像、強詞奪理方面的確高人一等，除此之外，沒有哪點比得上他那時代的一般作家，比之古代天才就差得更遠了。我們無緣無故地把偉大一詞加在君王頭上，但是，左看右看，看不出他們比一般人偉大在哪裡。

※賞析

俗話說：「事實勝於雄辯。」，沒有事實為依據的所有言論皆為空

談，就像水中月、鏡中花。當真相大白於天下時，當初的華麗詞藻、豪言壯語便會不攻自破。

言過其實說的是一種虛張聲勢，是在欺騙他人的同時也在欺騙自己的愚蠢行為，世間還有什麼比自我毀滅的行為更愚蠢的呢？！警醒吧，類似蒙田筆下的某些人！

論父子情

倘若說有一種普遍和永久存在於動物和人中間的某種本能，那便是當每個動物在自我保護和逃避危險以後，接下來的感情便是對自己後代的關愛。這彷彿是大自然為人間萬物繁衍和延續對我們所作的囑咐。因此，若回頭來看孩子，對父輩的愛，不是那麼深便也就不奇怪了。

既然上帝賜給我們理智，為了我們不像動物那樣盲目接受一般規律的束縛，而是以自由意志和判斷力去適應情況，我們應該向自然的權威作出讓步，但是不是聽任自己受自然專橫的擺布，唯有理智才可以指導我們的天性。

很多時候，事情是逆向而行的。我們對孩子的喧鬧、遊戲和稚拙，仍較之他們長大後循規蹈矩的行為更感到興趣，彷彿我們愛他們只是把他們當作消遣、當作小猴，而不是當作人。有的父親在他們童年時不惜花錢買玩具，對他們成長後所需的費用卻很吝嗇。甚至可以這麼說，當我們即將離開塵世的時候，看到他們成家立業享受人生會產生一種妒意，使我們對他們錙銖必較。他們跟在我們後面，好像催促我們讓道，

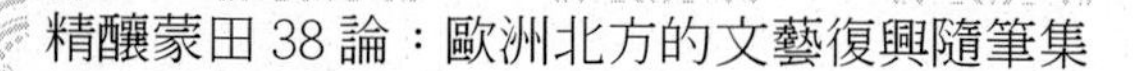

我們會感到生氣。因為，說實在的，他們的存在和生活，會損及我們的存在和生活，這是無可奈何的事物規律。如果我們對此害怕，那就不應該當父親。

做為長輩，在他們有能力時不讓他們分享和過問我們的財富，掌管我們的家務，這都是不公正甚至是有點殘酷的。既然我們養育他們是為了他們很好的生活，就不要去縮衣節食，而要去努力滿足他們的需要。

一個年邁衰老、奄奄一息的父親，獨自坐在火爐旁守護著撫育孩子的財產；而孩子卻苦於經濟拮据而虛度青春年華，無法為社會服務，甚至在社會上危害他人，這與父親的過失不無責任。有很多出身富裕家庭的青年，偷竊成性，任何懲罰都無法挽救他們。有一個犯事的貴族青年，當問及他為何走上犯罪道路時他說：完全是父親的刻板和吝嗇，促使他走上了這條邪路。在這類不軌行為中，父親的惡習難辭其咎。

倘若做父親的守著自己的財產，僅僅是為了讓兒輩尊重他和對他有所求。

若這也稱為愛——那也太慘了。

應該以自己的美德、慈愛和善而受人尊敬。貴重物質成了灰也有其價值，德高者

的遺骸我們一向對它敬重異常。一個人一生光明磊落，到了晚年也不會成為真正的老朽，他依然受到尊敬，尤其受到他的兒輩的尊敬。要他們的內心不忘責任，只有透過理智來教育，而不是以物質來誘惑，也不能以粗暴相要挾。

要培養一顆溫柔的心靈嚮往榮譽和自由，切忌在教育中有任何粗暴的行為。在強制性行為中總有一種說不出的奴役意味，事實上，任何不能用理智、謹慎和計謀來完成的事，同樣，用強力也無法完成。

對女孩子的教育要輕聲輕語、諄諄教導，對男孩子的教育更要細緻，因為他們天性不易屈居人下。鞭打是產生不了任何效果的，相反只會使其心靈更加孱弱或更加頑冥不化。

我們不是願意得到孩子的愛嗎？我們不是願意他們不要祈禱我們早死嗎？那麼在我們力能所及的範圍內理性地協助他們的生活。

父親應跟孩子來一次溫和的談話，幫助他們在心中培育一種對父親坦誠的情誼，這一點，對本性善良的人是不難做到的。當然我們這個世紀不乏凶猛的野獸，如果人

成了那個樣子，也只能像對待凶猛的野獸那樣憎恨和避開他們。

人到老年有那麼多的缺點，又那麼無能為力：他容易受人唾棄，他能得到的最好的報償是兒輩的溫情和愛，年輕時的頤指氣使、以勢壓人再也不能成為武器。

德・蒙呂克元帥有一個兒子，是一位正直、年輕有為的貴族，不幸死於馬德拉島上。元帥喪子後心情沉痛地說，他一生最大的遺憾便是他覺得從未與兒子有過內心的交流。他擺出父親的威嚴，使他永遠失去了體會和了解兒子心意的機會，以及向他表示自己對他深沉的愛和對他的品德的欽佩之情的機會。他說：「這個可憐的孩子在我臉上看到的只是皺緊的眉頭，充滿輕蔑的表情，至死都認為我既不知道愛他也不知道正確評估他的能力。我心裡對他留著異樣的感情，現在我永遠失去這個機會。」他的自責是有根據有道理的。

同樣，史書上也記載了無數父輩熱愛孩子的事蹟。

赫里奧道魯斯是特里加的善良的主教，他寧可失去令人尊敬的神職帶來的尊嚴、收入和虔誠，也不願失去他的女兒——他的女兒至今還活著。

好人盧卡努斯到了晚年，被暴君尼祿判處死刑。他叫自己的醫生切開雙臂上的血管自殺，大部分的血已經放光，四肢的末梢發冷，立刻要影響到他的致命部位，他最後背誦的是關於法薩盧斯戰役一書中的若干詩句，這不就是父親給孩子的溫柔告別？就像我們臨死時向家人表示永別和緊緊相抱，這是一種天性——在這最後時刻回憶起一生中有過的最親密的東西。

至於那些邪惡瘋狂的情慾，煽動母親愛上兒子或煽動父親愛上女兒，在另一種親情中也可找到相似的情慾，在此不再贅述。

※賞析

人世間還有什麼情感比父子之情更深，更濃。因此，發生在父子之間感人的事數不勝數，但同樣，事物有好的一面便也有壞的一面。父子之間相互殘殺，勾心鬥角的事同樣多如牛毛。故此，蒙田在論父子情中濃墨描述了父子間應當像朋友一樣相處，重點指出了為父的某些不理智，不可取的行為，告誡父輩們對孩子的撫養應盡心盡職，只有如此，等到人老時才能得到兒輩溫情的、誠摯的愛。

論人性無常

倘若你留心去觀察一個人的行為舉止，便會發現，沒有任何事物比人的性情更加複雜多變、讓人困惑的。你很難給一個人確定一種性情，認定他就是這樣一個人。人經常會一反常態地做出不像他本人做出的事情，使你大吃一驚，不可思議。據說博尼費斯八世教皇走進教廷像狐狸，做起事來像獅子，死的時候像條狗。誰曾料想，殘暴無比的暴君尼祿，當人把死刑判決書遞交他簽字時，他嘆息道：「唉，要是我不會寫字多好！判處一個人死刑竟會使他這樣為難。」類似的故事還有許多，每個人都有自己的故事，都能從自己的言行舉止、所作所為中看到——人性是游移不定的。

滑稽劇詩人普布利烏斯有一句名言：

「只有死人才會一成不變。」

在一般情況下，我們可以對某一個人形成某種印象，但是，人的天性具有不穩定性，人的思想觀念不可能一成不變。現實生活中，有這樣一些文字工作者，其中甚至包含一些享譽盛名的作家，他們力圖把人塑造成始終如一、固定不變的模式，這不能不說是他們創作中的一個失誤。他們按照一般規律刻畫一個人物，用以詮釋這個人所有的言行舉止，如果此人的某些行為有違常規的話，他們便把這些行為定性為虛偽，既符合慣例，又順理成章。這種模式顯然套不到奧古斯都身上，即便是最有見識、最有魄力的評論家，也不敢對他妄下結論。要說某人具有某種德行，這無須懷疑，但倘若說某人堅如磐石，雷打不動，卻很難讓人信服。反言之，世事無常，人性無常，倒是不難理解。

判斷一個人，要就事論事，不要籠統一詞，這樣才有可能明辨是非，識人真假。從古代史中，很難找到幾個把自己的生活固定在一個模式裡的人，儘管古人把堅定不移視為生活的教條。

有位古人想把一切歸結為一句話，想把所有的行為納入到一個生活準則之中，他說：「一件事情，要麼有始有終，要麼有始無終，好事能到底，壞事會中斷。」的確，狄迪莫斯說：「德行因為善始，所以能夠善終，始終如一，恆久不變。」而惡行是不正當的行為，沒有道德規範，故此不能持久。誠然，我們選擇人生道路的時候，一定是選擇最好的那條道路，但是，沒有人能確切地知道哪條道路最好，可以始終如一地

走下去。

我們行事大多是任性而為，很少深思熟慮：往左往右，往上往下，隨心情而定。我們沒有長遠規劃，不是燃眉之急絕不想它，從來就是隨波逐流，隨形定影。像能夠改變自身顏色的小巧動物一樣，走到哪裡，變成哪樣，形影不定，變化無常。

普通人的行動很少是主動的，說得絕對點，人的行動都是被動的，像水面上的小草，忽急忽緩，隨波逐流。

人的心情總是隨心所欲，率性而為，對任何事情都滿不在乎，又對任何事情都有所企求，卻又從不在任何事上刻意追求，狠下工夫，持之以恆。人若能為自己的生活確立一個方向，制定相應的生活計畫，有條不紊地逐步實施，他的生活就會明朗而充實。實際上，我們並非如此，我們每做一件事，都有不同的動機，都會讓人用不同的眼光來判斷。

安提柯見一士兵作戰異常勇敢，對他寵愛有加，關懷備至，嚴令其醫生務必治好該士兵纏身已久的疾病，該士兵在疾病醫好之後，原先的戰鬥熱情也隨之消失。安提柯問士兵何以忽然之間變得如此貪生怕死，士兵回答說：「長官，是您把我改變的，過去我疾病纏身，生不如死，但願在戰場上一死了之；現在我是無病之人，不願輕易就死去。」

庫盧斯的一名士兵遭到敵人洗劫，該士兵奮不顧身地與敵人拚搏，奪回失物。庫盧斯見他如此勇敢，便派他去執行一項非常危險的任務，並且一再鼓勵嘉獎，許以厚報。

他卻回答說：「我已失而復得，無所牽掛。你最好是派被搶劫了的士兵去完成這項任務。」

他冷淡地回絕了庫盧斯。

你昨天看到那人英勇無畏，今天再看那人，卻又顯得膽小如鼠，對此你大可不必為之憤怒、絕望，也不要覺得不可思議。友情、美酒和號角都有可能激發起人的激情。我們沒有理由憑空而言勇敢，在不同的環境有不同的表現，這一點也不奇怪。

在每個人身上都能顯而易見的看到變化多端的性情，如跟我們身上有兩個靈魂共

存，有兩種互不相同的力量永遠在支配著我們。一種力量把我們推向這邊，另一種力量又把我們推向那邊，一個突然的變化，一個突然的轉折，讓人難以想像這種互不相同的力量來自同一個源泉，表現在同一個人身上。

無論是誰，只要他仔細地審視自己的內心世界，他會發現，他幾乎從未有過兩次一模一樣的心境。心有時會向著這邊，有時會向著那邊，至於向著哪一邊，都是心隨境移，沒有誰是一成不變的。所有矛盾對立的因素都能在人身上找到：羞怯、傲慢、嚴肅、放縱、教唆、寡言、堅強、軟弱、機智、遲鈍、憂鬱、樂觀、虛偽、真誠、博學、無知、慷慨、吝嗇、揮霍等等。所有這些互相矛盾的因素，在每個人身上或多或少都能看到。無論是誰，只要他把自己從頭到腳篩選一遍，便會篩選出形形色色的東西來。

良好的願望未必就有良好的結果，往往，一件好事反而是被惡意所促成，我們常常會遇到這種始料未及的事情。所以，判斷一件事情的好壞，不能單單從意願出發。一個勇敢的行動，並不能完全證明一個人是勇士，真正的勇士，應當在任何時候、任何情況下都是勇敢的。如果這勇敢是一貫的秉性而不是一時的衝動，那麼，他無時無處都會表現出同樣的勇敢：無論是獨自一人還是與人結伴，無論是在一般的競技場還是在你死我活的戰場，他們都會一如既往地無所畏懼。在戰場上表現的勇氣和在平常時候不一樣，忍受得住戰火中的傷痛，未必就能忍受得住床上的病魔；衝鋒陷陣之時不怕死，不等於在自己家中也不怕死。同樣一個人，在攻城掠地時奮不顧身，而在輸掉一場官司或者是失去一個孩子的時候，他卻會像婦人一樣哀哀戚戚；面對金錢他會失去尊嚴，而面對貧困他卻會變得堅強。他不怕敵人的刀劍砍下他的腦袋，卻擔心理髮師的剃刀會割破他的臉皮。我們讚揚勇敢，是讚揚這種行為，並非讚揚這個人。

說到勇猛，再也沒有比亞歷山大更勇敢的人。但是，即便是他那種視死生如草芥的人，也只是一時之勇、一地之勇，並非完全徹底，貫穿始終，他那剛強無比的性格之中，同樣含有脆弱的瑕疵。他沒完沒了地疑神疑鬼，生怕他的部下圖謀害他，這種恐懼深藏在他心裡，使他變態失常。他動不動便捕風捉影，喪心病狂地迫害其部下，他不但怕人，而且怕鬼，深深地陷入迷信的泥淖裡，可想而知，他的內心深處是何等的膽怯懦弱。單憑他懺悔錯殺克利圖斯這一件事，就足以證明他的勇敢僅僅是一種表象而已。我們所有的表現，不是別的，正是一本雜誌，如某人所說，由雜七雜八的片段拼湊而成。我們博取的榮譽，靠的正是一種名不副實的標題。

美德不會盲從於人，如若某人想利用她做面具去達到某種目的，她立即就會把這

面具撕開。美德不會往臉面上去，只會往心裡面去，一旦沁入心田，就會與心靈融為一體。所以，看一個人不能只看他的一時一事，而要看他整個的人生歷程，才會真切地看到他是否具有真正的美德。

人生的道路坎坎坷坷，注定人的步伐也會時有所變，就如同風中搖曳的樹葉，隨風時緊時緩、時快時慢、忽上忽下、忽左忽右。如同塔爾博所言，隨風而動。

這並不稀奇，有位古人說，我們的出生本身就是偶然，故而，生命受偶然支配又有什麼大驚小怪的呢？

一個人的生活沒有一定的規劃，做起事來就會顯得雜亂無章，因為他腦海裡沒有一個總體圖，所以他也就無從著手從哪裡下筆。對於一個要畫什麼都不知道的人，還有什麼色彩好說的。射手首先要確定目標，然後才考慮用哪種弓、哪種箭，使多大的力。我們的教條往往不著邊際，無的放矢，說得再多也是空話。航海的水手沒有確定自己的航向，確定風向又有何用。

野心會使一個人變得勇敢，貪婪會激發起一個庸庸碌碌的小店員奮發圖強、遠走

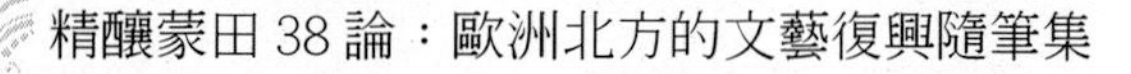

他鄉、不辭勞苦、不畏艱難，勇敢而謹慎小心地在江湖上闖蕩。情慾不但會鼓足少年的勇氣和信心，使他不怕任何折磨和懲罰，而且同樣會使嬌生慣養的少女變得異常堅強。

故此，以一時一事的表象判斷一個人，不足以概括一個人的全貌，這是一種不聰明的做法，應當由表及裡深入到人的靈魂深處，才能看清他的真正動機。然而，這是一件高深莫測的工作，因為人的內心世界深不可測，窺測人心往往得不償失、自討沒趣，這種事情還是少做點為妙。

※賞析

人的行為經常自相矛盾、難以預料，出爾反爾者屢見不鮮。每天都有新鮮事發生，我們的情緒也隨時間、隨事件的變化而變化。

故此，如蒙田所言，以一時一事的表象判斷一個人，不足以概括一個人的全貌，這是一種不聰明的做法，應該由表及裡深入到人的靈魂深處，才能看清他的真正動機。不過，蒙田同時提醒大家，窺測一個人的

內心世界是一件高深莫測的工作，告誡世人，還是不要輕易嘗試的好，因為人性無常。

論看待事物的方法

古希臘有條格言說：「人通常被看待事物的方法困擾，而並非事物本身。」假如大家都能不折不扣地把這句話當成真理，那麼，人類的不幸就可得以緩解。因為，如果只是由於我們的判斷，壞事才進入我們的世界，那麼，我們完全可以嗤之以鼻，或者把它們變為好事。倘若世間萬物讓我們支配，為什麼我們不能加以利用，使之適應我們的利益？如果我們所謂的煩惱和痛苦並不出自事物本身，而來自我們的想像給予的特性，那麼我們自己就能改變這種特性。如果選擇權在我們手中，沒有人強迫我們，那麼，為什麼要傻乎乎地自尋煩惱，使疾病、貧困和蔑視帶上一種苦澀而醜惡的味道？我們完全可以使它們變得富有情趣。如果說機遇僅僅提供內容的話，那麼形式可由我們賦予。然而，既然我們認為，所謂的壞事並不出自事物本身，至少，無論如何，應該由我們給予它們另一種味道，另一副面孔（因為這是一回事），我們就來看看這種說法是不是站得住腳。

倘若我們所擔憂的事物可以自行在我們身上安營紮寨，那他們也會在別人那裡安家落戶。因為所有的人都屬同一類，都具備相同的想像和判斷工具。但我們對這些事

物的看法形形色色，這清楚地表明——事物進入我們的世界時已被我們的想法同化。偶爾有人接受了事物的真正狀態，但其他成千上萬的人卻為它們想像出一個新的截然相反的狀態。

我們視貧困、痛苦和死亡為一生的主要對手。然而，一些人稱死亡為最可怕的事物，殊不知另一些人對死卻比對生更泰然自若。

史書記載，很多有名望的人，面對死亡（不是普通的死，而是夾雜著恥辱和怨憤），或出於頑強，或出於天真，顯得從容不迫、神態自如，同平時相比毫無異樣。此時，他們照樣處理家事，求朋友幫忙，吟唱，說教，同百姓友好相處，甚至還開開玩笑，為朋友的健康乾杯，就像蘇格拉底那樣。

一天，哲學家皮浪在船上，恰遇大風暴，看到周圍人驚慌失措，便以一頭也在船上卻對暴風雨無憂無慮的小豬為例，鼓勵那些人不必害怕。既然我們為有理性而由衷高興，多虧理性我們才自認為可以主宰和君臨他人，那麼，我們能不能大膽地說，我們身上的理性是為了我們的苦惱而存在的呢？既然知道實情會使我們心緒不寧、坐立不安，使我們的處境還不如那頭小豬。而不了解實況，我們反而心境恬靜，那麼，了解真相有什麼用呢？人有智慧，是為了謀取最大的利益，難道我們要把智慧用來毀滅自身，與事物的普遍規律相抗衡嗎？而事物的規律不就是要每個人盡自己所能來謀取自己的利益嗎？

痛苦是人生存於世的最大不幸，這是很自然的。然而，我們即使不能消除痛苦，至少也可以耐心忍受，以求減輕，即使身體疼痛難熬，我們的心靈和理性仍能做到堅強不屈。

倘若不是如此，我們當中誰會相信剛毅、勇敢、寬大和堅定呢？如果不再向痛苦挑戰，這些品德又有何用呢？「勇敢渴望危險。」如果不必露宿野地，全身忍受烈日，以馬或驢為食，不必看到自己粉身碎骨，從骨縫裡拔出子彈，受縫合、燒灼或導尿之苦，那麼我們如何能戰勝平庸？哲人們說，在高尚的行為中，越是艱難的事越值得做。這與逃避不幸和痛苦完全是兩回事。的確，歡娛和快樂，嘻笑和玩樂與輕浮為伴，生活在其中的人並不幸福；在憂愁中如能百折不撓，反而常常會感到幸福。因此，很難使我們的祖先相信，憑藉戰爭和武力去征服不如不擔風險靠計謀去獲勝。

值得我們欣慰的是：痛苦越烈，時間則越短，而時間越久，痛苦則越微。痛苦過了頭，不久就會失去感覺，它就會消失，或者讓你喪命，二者是一回事。如果你不能忍受，它就會戰勝你。你們要牢記，死亡是最大痛苦的終止，最小的痛苦斷斷續續，我們能主宰的則是不大不小的痛苦。痛苦，能忍受時則忍受，不能忍受時就躲開，結束令我們討厭的人生，就像退出舞台一般。

貧困好像多和窮人有關，實際上，它也會在富人家裡安營紮寨。或許，貧困單獨存在，要比與財富共存時稍為令人舒服些。財富與其說來自收入，不如說全憑井井有序的管理：「人人都是自己財富的創造者」。一個缺衣少食、忙忙碌碌的富人要比單純的窮人更可憐，生活在財富中的窮人最痛苦。

貧窮與富有完全取決於個人的看法。財富、光榮也不像擁有者所說的那樣美好和快樂，是好是壞全憑自己的感覺。對自己滿意的人才會高興，而不取決於別人是不是對你滿意，只有這樣，看法才真實可靠。

財富本身與我們既沒有什麼好處也沒有什麼壞處，它只給我們提供物質和種子。而我們的心靈比它更強大，是幸福或不幸的唯一緣由和主宰，能隨心所欲地擺布和使

用財富。

勤勞對於懶漢如同戒酒對於酒鬼一樣是一種折磨。同樣，儉樸對於縱慾者是苦刑，鍛鍊對於體弱多病和遊手好閒者是體罰。其他事物也一樣，事物本身並無痛苦也無艱難可言，全由人類的脆弱和無能所引起。要判斷事物是否偉大和高尚，就得有偉大和高尚的心靈，否則，就會把我們自己的缺點說成是事物的。一支筆直的槳在水中似乎是彎曲的。重要的是不但要看到事物，而且要有看待事物的方法。

※賞析

對同一的事物，人站在不同的方位，便能看到不同的側面。有詩為證：「橫看成嶺側成峰，遠近高低各不同。」說的就是所站位置不同看到的不同場景。

有一個盲人摸象的故事更能說明人心性的渺小，每一個盲人總以自己摸到的東西想像大象的模樣，正常的人又何常不是如此，總依自己的固有思維來辨別事物的好、壞、美、醜，故而有了難易之分，有了苦樂

之別。所以看待事物一定要注重方法是否適當，如此，才能盡可能反映事物的真像，還原事物的原形。

論死亡

死亡，是人生最為關注的事情之一，但是，當我們看到他人死去的時候，我們很難想到自己也有那麼一天，或者說離死還很遙遠。即便是死到臨頭了，亦不願相信這便是自己停留人世的最後時刻。我們會一廂情願地以為，那是不可能的．怎麼會就這樣死去呢？一個聲音在耳邊圍繞不息：「好些人病得更加嚴重．也沒有死去，何況你還不至於此。就算你已病入膏肓，上帝也會給你帶來奇蹟。」我們總是過高地估計自身的價值，以為我們的消失是世間重大的損失，老天爺不可能眼睜睜地看著我們就這樣一去而不復返。我們常常有一種錯覺，以為周邊的事物晃晃蕩蕩，並不確切，其實是我們自己的心在晃蕩，就像置身於波濤起伏的海上，我們看到山脈、田野、城市、天空和大地都在不停地搖晃。

誰都懷念過過去的好時光，誰都抱怨過今日的傷痛，誰都有過將自己的錯誤和不幸歸咎於外部環境和別人的往昔。

我們總是想盡辦法讓事事遂己心願，總以為自己天下第一，如此十分重要的人

物，不會輕易就死去。好像是天上的日月星辰，永遠不會消逝。

我們越是這樣深思，便會越發以為自己舉足輕重非同小可。「什麼，如此之多的學問一旦消失，那是全世界的巨大損失，命運難道不對此特別慎重地考慮？如此罕見的優秀人物，豈會像那般無所作為的庸人說死就死？這條生命，有多少人依賴它而生存，有多少人依靠它而受益，它發揮著如此重要的作用，占據著叫『不可或缺的位置』，怎麼可能像鴻毛那般，輕輕地一吹，就可以把它吹落？」沒有人不把自己看得高於一切。

判斷一個人是否勇敢堅定，看他身臨險境時是否意識到自己確實處於危險之中。如果他意識不到危險而死於險境，就不能說他是勇於獻身；如果他明知必死無疑而不避死，那可另當別論。

多數人都渴望獲得臨危不懼的美名，故而言行舉止中常愛表現出無所畏懼的精神，多數死去的人是由命運所決定，很少有人精心策劃自己去死。即使是存心自殺的古人，也還有當機立斷和猶豫不決之分。那位殘忍的羅馬皇帝說，他要處死一個囚犯，不會立即就處死，而要使他深感自己必死無疑，讓恐懼慢慢地把他折磨致死。如

果某人在監牢裡自殺，他說，「這個人就算是逃脫了我的刑罰。」

其實，一個人在身體健康、心平氣和的時候，做出自殺的決定，並不是一件什麼了不起的事情。一時心血來潮，想入非非，設想自己如何死得順心一點，這也不是什麼難事。例如埃拉伽巴路斯，這個全世界最陰陽怪氣的人，活著的時候荒淫糜爛，到了非死不可的那一天，死也想死得精美絕倫，才不至於辜負他人生一世。為此，他建造了一座豪華的塔樓，塔面和塔底都覆蓋著飾有純金和寶石的厚木板，準備臨死之前從這裡跳下；他還備下了用金絲和紅綢編織的繩索，到時勒死自己；他另外又打造了一把金劍，打算自刎；他把毒藥盛進綠寶石和黃玉製作的容器裡，準備服毒等等，為自己設想了一系列的自殺途徑。

然而，像這種優柔寡斷的人，把自殺的途徑考慮得那麼周到，真到了要自殺的那一天，他又會覺得這些方法都不理想，必須想好更理想的才能動手。但是，那些決心更大的自殺者，也要看那一擊是否一舉成仁，使他沒有時間去感悟最後的生命。若是他感悟到生命漸漸地消失，靈魂悄然離開肉體，他是否會後悔，他是否還會義無反顧地朝著這條絕路走下去，那就不得而知了。

有一個人決意一死了之，他第一刀下去未中要害，似乎他的生命對他的決心稍有牴觸，接著又是兩刀、三刀下去，除了增添了兩三處傷口外，仍然未能完成自殺的任務。

普勞提烏斯·西爾瓦諾斯被關押審訊，他祖母烏爾古拉尼婭帶給他一把匕首，他對自殺不下手，只好令其僕人把他的靜脈血管割斷。

提比略時代，阿爾布西拉自殺，因下手無力，殺不死自己，結果還是被他的敵人關進了監獄，被慢慢地折磨死去。

大將軍迫莫斯西尼兵敗西西里，也是同樣下場。奧斯托里烏斯，他不勞自己動手，也不屑於僕人動手，他讓僕人握牢匕首，自己朝刀尖撲去，斷喉而亡。還有阿德里安皇帝，他命醫生在他乳頭旁致命的部位標上記號，然後叫醫生照著這裡一刀下去，快捷方便。

有人問凱薩，哪種死法是最理想的死法，凱薩答道：「突然而至，始料未及。」連凱薩都這樣說，那麼，怕死也算不上是懦弱。「突然死去，」普林尼說，「是人生一大快事。」沒有哪個人對死亡會很感興趣。任何人都不能說，他眼睜睜地看著自己死去是一種快樂，是他早就想要這樣子的。我們看到，那些被處斬的死囚催促劊子手快點動手，這並不說明他們不怕死，只能說明他們非常怕死，怕得連多等一刻都不願意。

但是，也有人的確能看透生死，沒有任何東西能打亂他那顆平靜的心。

龐波尼烏斯．阿提庫斯在病情越來越嚴重的時候，便把他的女婿阿格里帕和他的幾個至交好友叫到身邊，對他們說，他已想盡辦法醫自己的病，但一切努力都是徒勞。他盡心竭力地延長自己的生命，結果，只是增加自己的痛苦。為此，他決定用結束生命的方式來結束無邊的痛苦，請他們務必尊重他的決定，切勿採取任何措施使他回心轉意。然後，他開始絕食，但是，他的疾病卻因絕食而得以治癒。他本打算用絕食的方式來結束自己的生命，不期然卻反倒使他恢復了健康。醫生和朋友們十分高興，跑來向他道賀，但令他們更加驚訝的是，他們空歡喜了一場。他說，他既然已經朝著這個方向走去，而且又走了這麼遠，那一天遲早是要來到的，他不願意走回去，免得下次再辛苦走一回。這種從容就死的人，不但敢於走向死亡，而且善於理解死亡。既然已經滿懷信心去戰勝死亡，他就要勇往直前，戰鬥到底，絕不半途而廢。這跟不怕死相去甚遠，這是在體會死亡，欣賞死亡。

一位名叫留斯．馬爾塞利努斯的羅馬青年身患重病，儘管醫生說他的疾病可以治癒，只是需要時間忍耐和等待，他還是想要提前走完他的人生歷程，擺脫那難以忍受的疾病。為此，他請朋友們替他出謀劃策，以期找到一個最佳途徑。塞內加說，所有的朋友投其所好地為他想出各種辦法。一位斯多葛派哲人卻對他這樣說道：「不要把你本人看得太重要，馬爾塞利努斯，這事沒有什麼大不了的。活著本身並不重要，你的奴僕和牲畜也都活著，關鍵在於死得要有氣派，表現出明智和堅定。你不妨想想你的生活是怎樣度過的，無非就是吃了便睡，睡了便吃，反反覆覆如此循環。不僅僅是疾病使人難以忍受，無聊的生活也足以讓人想到去死。」馬爾塞利努斯需要的不是什麼各式各樣的建議，他需要的是真正的支持。僕人們心慌意亂，生怕自己被牽連進去，這位哲人對眾僕人說，主人之死，要看他自願與否，不可能無端地懷疑他人別有用心，同樣，妨礙他痛快地死去，比殺死他還要冷酷。

接下來他又對馬爾塞利努斯說，當宴席散去之後，我們給侍者一些賞賜，這樣不至於有失體面。當我們走到人生盡頭的時候，更應當把我們的錢財分發給我們的僕人。馬爾塞利努斯為人慷慨大方，他毫不猶豫地把錢財逐一分給他的僕人，並好言勸慰他們。他決意離開生命，但他並不需要刀劍，他無需流血，因為他不是匆匆逃離生

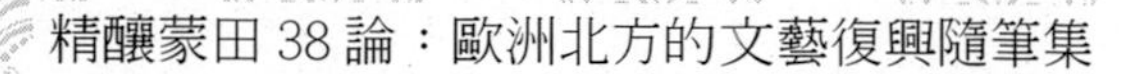

活，而是有意體驗死亡，他要從容不迫地慢慢體會這段不可再來的時光。他開始斷食，不吃任何東西，三天以後，讓人用溫水在他身上噴灑，就這樣，他漸漸地進入虛無縹緲的狀態，如他自己所說，有一種飄飄欲仙的感覺。

據那些曾經此境的人說，在這種虛無縹渺的意境裡，沒有任何痛苦的感覺，只有快慰和對未來世界的嚮往，如同在仙境中漸漸進入安逸的夢鄉。這便是迎接死亡的人對生命最後一刻的切身體會。

※ **賞析**

死和生都是自然而然的，對一個嬰兒來說，或許出生是和死亡一樣的痛苦。人在熱切的追求中死亡，就像一個人在熱血沸騰時受傷一樣，當時沒有感到傷痛。所以，當人們下定決心，執意死時，是感覺不到死亡的可怕的。此外，死亡有一種作用，便是能夠消除塵世的各種困擾，打開榮譽和讚美的大門——「活著時遭到別人嫉妒的人，死後將會得到人們的愛戴和思念。」培根如是說。

不過，我們在學習哲人智慧的同時，不能受其過激思想的蠱惑，作出有違常理的事來。須知，生命是可貴的，不要輕言放棄生命。

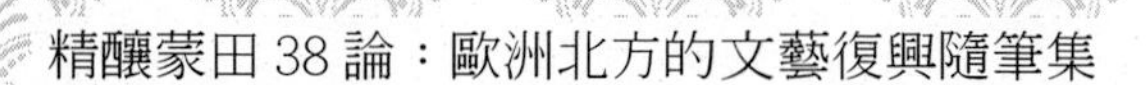

論自我衡量

自高自大和自以為是是人與生俱來的一種病，世間萬物中最為不幸、最為虛弱最為自負的便是人。他看到自己落在蠻荒瘴癘之地，四周是汙泥雜草，生生死死在宇宙的最陰暗和死氣沉沉的角落裡，遠離天穹，然而心比天高，幻想自己翱翔在太空雲海，把天空也踩在腳下。就是這種妄自尊大的想像力，使人自比為上帝，自以為具有神性，自認為是萬物之靈，不同於其他創造物。動物本是人類的朋友和生活中的夥伴，可那自以為是的人類卻對它任意支配，非但如此，還自以為是的認為是自己給了它們某種力量和某種特性。

人類的貪婪遠遠超出了為滿足需要而獲得的所有成就。

人老對自身想入非非，這樣的行為毫無意味。不過說來也怪，動物中也唯有人有這種想像的自由，不著邊際地對自己提出什麼是、什麼不是、什麼要、什麼不要，真真假假——這是人的一個長處，得來不易，但是不必為之興高采烈，因為正由此產生了痛苦的源泉，罪惡、疾病、猶豫、騷亂、失望，使他困擾不安。

很多動物身上的東西我們幾乎什麼都愛，沒有什麼不合我們的心意，甚至牠們的排泄分泌物，我們都甘之如飴，還用作飾物和香料。

人類之所以盡一切可能貶低動物，不是理智驅使他們這樣做，實是傲慢自大，和冥頑不靈使然。

西塞羅說：「人總是用自己的幻想去解釋他人的幻想，誰要了解我們對每個事物的想法，只會越打聽越好奇。有一條哲學原則：對一切進行爭辯，對什麼都不作結論，這條由蘇格拉底建立的，由阿凱西勞斯重提的，由卡涅阿德斯加強的原則，流傳至今，還保持生命力。我們屬於這個學派，相信真與偽始終糾纏一起，兩者如此相像，沒有肯定的標誌可以判斷和區分它們。」

律克里修說：「天、地、海加在一起，也無法與總和相比。」

世人經常好用自己的尺度去丈量遠遠不能丈量的東西，到頭來只會束手無策，弄得灰頭土臉。

「人稍有成功，就趾高氣揚，其虛情假意的程度令人見了吃驚。」

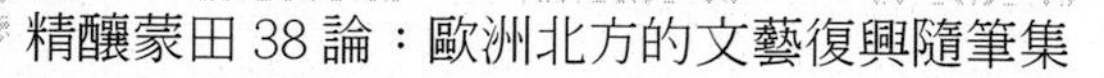

人是不可能想像出上帝是什麼樣子的，人自以為想像出了上帝。其實想像出的還是自己，他們看到的只是自己，不是他；他們拿自己與之比較的也是自己，不是他。

柏拉圖說：大自然只是一首充滿神祕的詩。是隱藏在千萬道斜光後面一幅撲朔迷離的畫，它的存在，是為鍛鍊我們的猜謎能力。

大自然萬物都籠罩在烏黑的濃霧中，沒有一個人的智慧可以穿透天與地。

隱藏在崢嶸的大自然背後，對人的理智來說是深不可測的。奧古斯丁說：「心靈與肉體配合一致，真是妙不可言，人是無法理解的，也因為這樣才有了人」。

普馬塔哥拉說：「彷彿人能夠衡量一切，卻不能衡量自己。」

是的，人從來不知道衡量自己，卻會衡量一切。如果人不能衡量自己，他的自尊心也不允許其他創造物有這份能力。

人本身那麼充滿矛盾，一個人有了想法後不斷地會有人進行駁斥，這種興高采烈的討論僅是一場鬧劇，不得不使我們得出這樣的結論：衡量標準與衡量者都是虛無的。

有一位哲人說過這樣一句話：任何人都可以信口雌黃，因此絕不要相信任何人。

近距離觀看物體，物體便顯得大；遠距離觀看物體，物體就小，這兩種表述都是對的。

一名異教徒說：「人若不超越人性，是多麼卑賤下流的東西！」

這句話很有價值但同樣亦很滑稽。因為拳頭要大於巴掌，伸臂要超出臂長，希望邁步越過兩腿的跨度，這不可能，這是胡思亂想。人也不可能超越自己，超越人性：因為他只能用自己的眼睛觀看，用自己的手抓取。只有上帝向他伸出特殊之手，他才會更上一層；只有他放棄自己的手段，借助純屬是神的手段提高和前進，他才會更上一層。試圖完成這種神聖奇妙的變化，依靠的不是斯多葛的美德，而是我們基督教的信仰。

※ **賞析**

智者說，人眼裡看到的永遠都是他人的缺點，而對自身的缺陷都視

而不見。這是一句很高明的話，他一針見血的揭露了人性的虛偽。人大抵都是如此，總喜歡對自身之外的一切事物指指點點、妄加猜測，而從不自我審視。

論坐井觀天

我們將容易受人誘導和輕易相信他人歸因於人的頭腦簡單和無知是有道理的。有一句格言說：「相信好比是在心上刻一道印記，其心越是軟弱就越少抗力，印記就越易於刻上去。」

一個心靈空虛的人內心往往缺少平衡力，故此極易偏聽偏信，且往往只聽一遍就會信以為真。所以，一般孩童、凡夫俗子和婦道人家以及體弱多病者，最易輕信人言。反過來，自以為是地對任何人的言論都不信任也是一種愚蠢的行為，這完全是因自高自大、自作聰明的人的行為所致。

每一個斷然指定一件事不真實和不可能的人，其行為形同井底之蛙，傲慢無知、愚不可及。上帝的意志和我們大自然母親的威力無窮無盡，我們不應故步自封，而應隨知識老人的引導，穿雲破霧、透過黑暗，進一步認識真理。揭開事物神祕的面紗，是人之本能所至，並非僅僅為了累積知識。我們稱之為怪事和奇蹟的不為我們理解的事物，不是經常不斷地出現在我們眼前嗎？

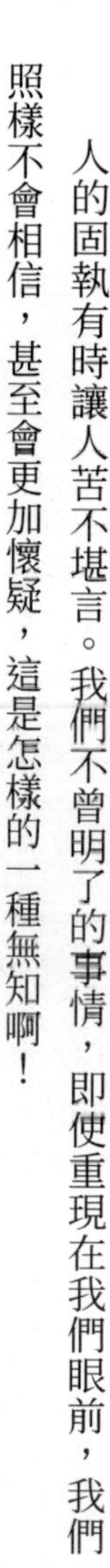

人的固執有時讓人苦不堪言。我們不曾明了的事情，即使重現在我們眼前，我們照樣不會相信，甚至會更加懷疑，這是怎樣的一種無知啊！

倘若我們認定某物最大，便再難相信世上還有比這更大的東西。

律克里修說：「沒見過大河的人，以為小河是大江大流；一棵樹，一個人，無論何物；只要以為最大，那就肯定最大。」

事物的外形可以一目瞭然，然而事物的內部卻蘊藏著無窮的奧祕，正是這奧祕，引誘我們不斷地去探索。當我們面對著浩瀚無垠的宇宙空間，當我們面對著無限神奇的自然世界，崇敬之情油然而生，不禁慨嘆自己微不足道、知之甚少。多少看來不可能的事情，都被那些勇於探索的人所證實。如果我們不能確信，至少也該留有餘地，斷言它們絕不可能，自以為無所不知，其實是不懂裝懂、妄加評論。誠然，不常見不等同於不可能，不符合習慣看法亦不等同於違反自然規律，兩者之間可能相同，也可能不同。奇隆的「不偏不倚」之主張，在此值得借鑑。

偉大的奧古斯丁說他親眼目睹一盲童在米蘭的聖熱爾韋和聖普羅泰的遺骨前恢復

了視覺；迦太基一位身患癌症的婦女，被一名剛受過洗禮的女子畫了十字，其病得以治癒；奧古斯丁的親信赫卡塔埃烏斯用聖墓上的一小塊泥土，驅走了在他家作祟的鬼怪。這塊泥土後來送進教堂，一個癱瘓病人因此而突然病癒；一位在瞻仰行列中行進的婦女，用花束觸了觸聖艾蒂安的遺骨盒，然後用這束鮮花擦了擦眼睛，她那失明多年的雙眼頓時復明。奧古斯丁說，他還親眼見過許多奇蹟，奧雷利烏斯和馬克西米努兩位主教大人便是這些奇蹟的見證人。如果我們想指責他們，指責他們什麼呢？指責他們無知、簡單、信口開河，還是指責他們裝神弄鬼，別有用心？試問當今誰人敢說，無論是德行還是虔誠，無論是學識還是判斷能力，或者其他任何方面的品質，自己比他們更加完善？

切忌不要藐視我們所不理解的事情，因為這樣的行為不僅魯莽荒唐，而且有可能導致極大的危險和嚴重的後果。你會把真理和謬誤圈定在你固定的思維模式之中，但是，等到你不得不相信你曾否定的甚至是更為奇特的事情時，你的思想體系就會混亂無序，你就會感到驚惶失措、無所適從。

在與我們息息相關的宗教叛亂中，最令人痛心疾首的莫過於天主教徒捨棄了如此之多的宗教信條。當他們屈服於敵方而放棄某些有爭議的信條時，他們還自以為寬容

大度，是明智的選擇。殊不知那些有利於敵人的讓步會使敵人得寸進尺、步步逼進。他們以為選擇放棄的那些信條無關緊要，實際上至關重要，非同小可。我們要麼無條件地絕對服從教會的權威，要麼就完全放棄，而不能由著我們自作主張該服從哪些信條，不該服從哪些信條。因為，這些教規由來已久、根深蒂固，自有其道理所在。只有淺薄無知的人才會自作聰明，厚此薄彼。我們是否想過，我們的判斷經常自相矛盾，多少昨天還是堅信不疑的東西，今天卻成了無稽之談。

虛榮心和好奇心是思想的兩大禍害：後者鼓勵我們多管閒事；前者則禁止我們勤學好問。

※ 賞析

坐井觀天語出唐．韓愈《原道》：「坐井觀天，曰天小者，非天小也。」比喻眼界狹小，所見有限。

蒙田對坐井觀天者深為鄙視，認為其行為如同井底之蛙，傲慢無知，愚不可及。進而告誡世人：切忌不要藐視我們所不理解的事情，

因為這樣的行為不僅魯莽荒唐，而且有可能導致極大的危險和嚴重的後果。因此為人當眼界開闊，學識淵博，且時常要充實自我，防止陷入淺薄無知的泥淖。

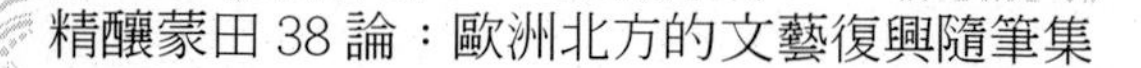

論掠人之美

不知何故，人們一生中最看重的莫過於名聲和榮譽，人們為了追逐聲譽，竟然可以放棄財產、安寧和健康甚至於生命。那些看不見摸不著的虛浮空泛的讚頌之辭，其價值居然是遠遠超過任何實在有用的東西。

此種追逐名譽的品性是人類所有品性中最難理解的。它桀驁不馴、難以控制，甚至連哲學家都制不住它，反而還要受它擺布。

沒有誰不指責虛榮、而且都是講得頭頭是道、有條有理，但是，虛榮在我們心裡早已紮下了深根，是否有人能夠把它，從心裡徹底拔除，不得而知。你剛剛還在否定它，把它講得一無是處、一錢不值，並且歷數它的危害，可是，你話音還沒落定，它又從你心裡鑽了出來。它不言不語，卻勝過你千言萬語。儘管你嘴上恨它，你心上卻很愛它。

西塞羅說，那些著書立說批駁虛榮的人，無一不把自己的名字印在最顯眼的封面

上。他在書上蔑視它，在心上卻是欣賞它；他在書上打壓它，在心上卻是抬舉它；他教別人鄙棄名聲，卻在為自己揚名。

現實生活中，扶困濟貧，捨己救人的事情時有發生。但是，甘願將自己的榮譽讓給他人，把自己的名聲歸於人家名下，這種事情則十分罕見。

儘管罕見，可我們依然能舉出一兩個這樣的例子。卡圖魯斯·盧塔蒂烏斯在對欽布人的戰爭中，因一時制止不住士兵潰逃，只好跟著眾士兵一起跑，裝出膽小怕死的樣子，這樣一來，逃跑的士兵覺得自己不是在逃避敵人，而是在跟隨自己的統帥。他有意往自己臉上抹黑，為的是遮掩士兵們的羞恥，從而喚醒他們的勇氣。

西元一五三七年查理五世皇帝準備征討普羅旺斯時，據說安東尼·德萊弗深知皇上聖意已決，而且料定這次遠征必勝無疑，他卻在御前會議上堅決反對這次出征，意在突出表現皇上的明智判斷，眾人的反對意見反襯出主幹的雄才大略、英明偉大。他捨棄一已的榮譽，把勝利的榮耀集中在主幹個人身上。

色雷斯使節前往弔唁布拉齊達斯，他們為寬慰其母，極力讚譽布拉齊達斯，說他英才蓋世，前無古人、後無來者，無人可以比擬。布拉齊達斯的母親深明大義，她反對使節如此讚譽她的兒子。「不要這樣說，」她指出：「我知道，就在斯巴達城中，有不少市民比他更能幹，更值得稱讚。」

在雷西戰役中，英國王儲，那時還很年輕，率領先鋒部隊領先迎敵，擔負起主要的戰鬥任務。戰鬥進行到最激烈的時候，隨行的爵爺們深恐王儲抵敵不住，慌忙派人請求愛德華國王緊急救援。國王詢問了戰況之後，得知兒子仍然騎在馬上指揮作戰，「這場戰鬥已經持續多時，」國王說：「如果我現在去增援他，等於是去搶奪他的功勞。既然他已經堅持戰鬥了這麼久，想必他定能克敵制勝，為他自己贏得一個完整的榮譽。」於是，國王按兵不動，靜觀戰事發展。他深知，若是急不可待地去支援兒子，人們會說，這場戰鬥的勝利是國王贏得的，王儲會因此失去顯赫的戰功。

李維對此有過絕妙的言論：「最後的援助常常被視為取得勝利的決定性因素。」

許多羅馬人都這樣認為，並且常常這樣說，西庇阿的豐功偉績基本上得益於萊利烏斯，而萊利烏斯則總是默默地支持和維護西庇阿的尊嚴和聲望，從來不提及自己。泰奧鮑普斯，斯巴達國王，別人讚揚他治國有力，他回答道：「那是因為人民善良勤

勞、遵紀守法。」博韋主教隨菲利普·奧古斯特一同奔赴布維納戰場，雖然他戰功卓著，他卻不願參與世俗的分功領賞，更不願捲入到暴力流血衝突之中，他把手中的俘虜交給其他軍人處置，是殺是關由軍方定奪。薩爾斯貝里伯爵威廉也是這樣。

※賞析

沒有誰會喜歡愛出風頭的人，沒有誰會對好為人師者表現出真正的友善。處處標榜自己與眾不同的人要麼落得個獨善其身的下場，要麼換來曲高和寡的局面。掠人之美者除了換回怨恨之外，不會換來任何諒解和友情。故此，切記，萬萬不可掠人之美。

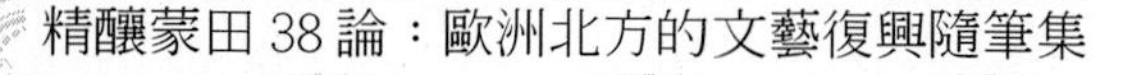

論意願

常聽人說起死亡能使人償清所有的承諾，可現實生活中有些人的做法卻是恰恰相反。

英國國王亨利七世與菲利浦一世談到修好，後者為馬克西米連一世之子，更體面地說，是查理五世皇帝之父。亨利七世要求菲利浦把他的仇家，逃到荷蘭的屬於白玫瑰家族的蘇福爾公爵交給他，並保證不危害公爵的生命。可是亨利七世臨終時，卻立遺囑命令兒子在他死後立即處死蘇福爾公爵。

最近，阿爾布公爵在布魯塞爾處死了霍納和埃格蒙兩位伯爵。在這個悲劇中，不乏引人注目的情節，尤其是，埃格蒙伯爵強烈要求第一個被處死，因為霍納伯爵聽了他的話才來投降阿爾布公爵的，他希望他的死能償還欠霍納伯爵的債。似乎死亡並沒能使亨利七世償清承諾，而埃格蒙伯爵即使不死，他欠的債也已還清。

我們不能超越自身的力量和才能，因為，結果和做法完全不在我們能力所及。唯

有意願屬於我們的能力範圍：人類義務的規則都必須建築在自由意志之上。因此，埃格蒙伯爵認為，儘管履行諾言的權力不掌握在他手中，他的心靈和意志也必須承擔所作的諾言，那樣，即使他比霍納伯爵晚死，他也就擺脫了責任。英國國王亨利七世不想履行自己的諾言，儘管等到死後才把背信棄義的行動付諸實現，但他的行為是不能原諒的。正如希羅多德筆下的泥水匠不能原諒一樣：他一生忠心耿耿，嚴守祕密，臨死前卻把他的主子埃及國王的寶藏泄露給他的子女。

現實生活中，有許多人居心不良，想把別人的財產據為己有，準備透過遺囑等死後付諸實現。他們任何好事都不做，既不給一件要緊的事作一了結，也很少有興趣和有意識糾正不公正的事。他們的代價太大，他們欠人的越多，彌補時付出的也越多，他們自己也會受懲罰的。

相比之下，活著時將仇恨隱藏起來，直到生命的最後時刻才暴露出自己的意願的人更壞。他們不在乎自己的榮譽，違背理智，甚至違背良知；不怕傷害別人，至死也不善於消除仇恨，並將其延續到他們身後。這些不公正的法官，他們延長審判，直到自己不再有審判權時再來審判。

※ **賞析**

是什麼讓人出爾反爾，是內心的妒嫉、是內心永不消逝的仇恨。是什麼讓人的承諾輕易付之東流，是人性的自私。那些活在世上隱藏自己想法待到死時方表達意願的人，是可憐的，因為戴著面具做人，受罪的終究是自己。故此，人還是活得堂堂正正的好。

論命運的安排

命運的反覆無常讓人覺得很難捉摸。

瓦朗蒂努瓦公爵同他的父親教皇亞歷山大六世一起去梵蒂岡科爾內特的紅衣主教阿德里安家吃晚飯。公爵早已決定毒殺紅衣主教。他事先送去一瓶毒酒並叮囑膳食總管好好加以保存，教皇比他兒子先到一步，到了就張口要喝的，膳食總管以為，那瓶酒之所以交他保管，只是因為是瓶好酒，所以他就拿來給他喝了。公爵自己在上點心的時候趕到，他滿以為人家不會動他的那瓶酒，所以也跟著喝了。結果亞歷山大六世突然死去，瓦朗蒂努瓦公爵受到疾病的長期折磨，命運比老子更慘。

有時候，真讓人懷疑命運是看準了時機來捉弄人的，因為它來的總是那麼恰到時候。

旺多姆殿下的軍旗手德特雷爵爺和達斯科公爵的隨從副官里克爵爺，雖分屬不同的部隊，但都在追求封凱澤爾先生的妹妹。里克爵爺最後占了上風。可是結婚的那一天，而且就在進入洞房之前，新郎有心爭鬥一場以討好新娘。就離家到聖奧梅爾附近跟人動了手，結果他敗在德特雷爵爺的手下，當了他的俘虜。德特雷爵爺要炫耀自己的勝利，新娘子就不得不彬彬有禮地去向他懇求，要求他歸還他的俘虜。德特雷爵爺這樣做了，因為法國的貴族從不拒絕女士們的任何要求。

埃萊娜的兒子君主坦丁建立了君主坦丁帝國，多少個世紀之後，又是埃萊娜的兒子君主坦丁將帝國斷送。這難道不像是人為安排的結局嗎？

有時，命運的安排讓人驚訝於是上帝的行為。我們記得克洛維斯國王在圍困昂古萊姆時，多虧上天的保佑，城牆自己倒塌了。布歇援引一位作者的話說，羅伯特國王在圍困一座城市的時候，離開圍困前線去奧爾良慶祝聖坦尼昂節，由於他非常虔誠，在彌撒還在進行的時候，被圍城市的城牆不攻自塌了。在米蘭之戰中，命運將一切都作了相反的安排。我們的統帥朗斯在包圍埃羅納城時，讓人在一大段城牆下埋了炸藥，城牆被突然從地裡掀起，但又不帶牆基整個兒直直地落了下來，結果被圍困者依舊安然無恙。

亞遜．費雷斯胸口長了個膿瘡，醫生們認定他已沒有希望。他渴望擺脫膿瘡的折

磨，想著乾脆一死了之，於是，他投入了戰鬥奮不顧身地衝進敵群。戰鬥中，他身上受傷，傷得恰到好處——膿瘡扎破居然得以痊癒。

畫家普羅托蓋奈斯畫完一隻疲憊不堪的狗，別處他都很滿意，唯獨狗嘴上的涎沫畫得不中意。他對畫出的東西十分惱火，便抓起吸了各種顏料的海綿塊朝畫上扔去，想把一切都給抹掉。命運的安排恰到好處，這一扔扔到了狗嘴的位置上，在那裡印下了技藝畫不出的痕跡。

有時，命運的安排是在改變和糾正我們的計畫。英國女王伊薩貝爾帶著擁戴她兒子、反對她丈夫的軍隊打算離開澤蘭回國去。她若是在原計畫定下的港口登陸，那就完了，因為敵人正在那裡守候。但命運的安排卻不顧她的意願將她拋到了別處，使她在那裡安全登陸。

伊塞特招來兩名士兵以刺殺在西西里的阿德拉納逗留的蒂莫萊翁，他們約好趁他在獻祭的時候動手。兩人混在人群之中，正當他們互使眼色，表示此刻正適合行刺的時候，突然有第三個人往其中一人的頭上狠砍一劍，將他砍死在地後拔腿就逃。那同夥以為被人發現完蛋了，就跑回祭台求饒並答應坦白一切。正當他交代陰謀的時候，那第三個人已抓住，被人當成凶手推推撞撞穿過人群向蒂莫萊翁及會上的顯貴擁去。到了那裡他喊起了饒命，說他殺死的正是殺他父親的凶手。他運氣不錯，及時找著了證人，當場證實了他的父親確實在列奧蒂尼城裡被他的這個仇人所殺。他在為父親的死討回公道的同時，有幸救了所有西西里人的長者，因而獲得了獎賞。這裡，命運在討回公道方面，勝過了人類智慧訂出的法規。

在下面的這件事情上，可以清楚地看出，命運是在明白無誤地貫徹它特別的恩惠、善意和慈悲。

羅馬三巨頭宣布了伊格納蒂烏斯父子在羅馬不受法律保護。父子兩人決定採取勇敢的主動行動：互相借助對方之手結束自己的生命，以使凶殘的專制統治者不能如願。他們手握寶劍互相奔去，命運引導著利劍之尖，使之擊出同樣致命的兩劍，但對於如此美好的父子之情卻給予尊重，以致他們剛好還有力氣從傷口抽回握著寶劍的血淋淋的手臂，就這樣緊緊地擁抱在一起。他們的擁抱如此有力，劊子手們只好將他們的兩顆頭顱一起砍下，讓身子一直抱著成為一個崇高的結。他們的創口緊貼在一起，互相深情地吸吮著鮮血和剩餘的一點生命。

※ **賞析**

巧合只能代表一種現象，個別的現象，而事情大抵都按原有的邏輯發生。當事情發生轉機，那僅僅是意外，而並非命運的安排，並非冥冥中天注定，天注定的言論是自欺欺人的說詞。是懦弱者逃避現實的藉口。

論怯懦是暴虐的根由

怯懦是暴虐的根由。這種邪惡而非人道的、乖戾而粗暴的勇敢，每每伴有女性的軟弱。有些人性情暴戾，卻動輒流淚，且是為雞毛蒜皮的事。

費萊阿的暴君亞歷山大容不得劇院裡演悲劇，生怕他的臣民們看見他為赫卡柏和安德洛瑪刻的不幸遭遇悲嘆傷心，而他本人卻冷酷無情，每天殺人不計其數。

勝利後的大屠殺往往是民眾和輜重軍官們幹的。在民眾戰爭中，之所以會發生無數聞所未聞的殘暴行為，那是因為民眾想鍛鍊自己，他們覺得在別的方面逞不了英雄，就組織起來，大肆殺戮，直至血染雙肘，把腳下奄奄一息的身體撕得粉碎。

其行為就像一群膽小如鼠的惡狗，沒有在野外攻擊野獸，只得在家裡撕咬牠們的皮肉。是什麼使得我們現在的爭吵變得鮮血淋淋的呢？我們的祖先只進行一定程度的復仇，我們卻從最極端開始，一上來就大殺大砍，如果說這不是怯懦所致，又是什麼呢？

打擊敵人，使之退一步，遠比殺死敵人更顯英勇無畏，更顯對敵人的蔑視。此外，復仇的慾望更容易得到滿足，因為復仇僅僅為讓人感到我們在復仇。因此，我們不會向一頭咬傷我們的野獸或一塊擊傷我們的石頭發起進攻，因為牠們感覺不到我們的復仇。同樣，將一個人殺死，他也無從感到我們的復仇了。

布亞斯對一個惡人喊道：「我知道你遲早要受懲罰，可我怕是看不見了。」他抱怨奧爾霍邁諾斯人懲罰利西斯庫斯對他們的背叛懲罰得不是時候，因為對此懲罰感興趣的並且可能從中得到快樂的人已經一個不剩了。同樣，當復仇的對象已感覺不到復仇帶來的痛苦，這樣的復仇就變得毫無意義。因為，正如復仇者想從復仇中獲得快樂一樣，被復仇者也應該從中得到痛苦並感到後悔。

人們常說：「你會後悔的。」可是，倘若你朝他心臟上開一槍，你還會認為他會後悔嗎？恰恰相反，如果我們一槍打死他，他倒下時會心懷敵意地朝我們做鬼臉，他不僅不會後悔，還會對我們不滿意。讓他迅速而毫無痛苦地死去，這是給予他人生最大的恩惠。我們要東躲西藏，避開法官的跟蹤追擊，他卻安安靜靜，無人打攪。殺死他，有利於將來不再受他的進攻，卻不利於對他復仇：這樣做，懼怕多於無畏，謹慎多於勇敢，防禦多於進攻。顯而易見，這背離了復仇的真正目的，有損於我們的名

聲——這是怕他活在世上，還會向我們發起進攻。

所以說，殺掉他的目的不是為了對付他，而是為了保護你自己。

倘若我們想光明正大的永遠控制敵人，對他們為所欲為，那麼，假如他們擺脫了我們的控制，我們便會惱火萬分。可我們卻更想用穩當的方法來獲勝，而不是決鬥一場；我們在爭吵時更重視結果，不重視榮譽。

因先前的人受了侮辱後只滿足於反駁，受了駁斥便給予回擊，他們英勇剛毅，對活著的和受他們攻擊的敵人絲毫也不怕，而我們看見敵人活蹦亂跳，就嚇得渾身打顫。現在，我們不是奉行一種漂亮的做法，對傷害過我們或受過我們傷害的人，一律緊追不放、把他們置於死地嗎？

在格鬥中，我們還引進了一種做法：讓第二者、第三者、第四者陪在我們身邊，這也是一種卑怯的表現。這在從前是決鬥，而現在稱戰鬥和搏鬥。發明這一做法的人害怕孤獨：因為人人都不相信自己。不言而喻，有人陪伴在旁，當你處境危險時，能帶給你鼓舞和安慰。從前讓第三者在場，是為了避免出現混亂和背信行為，為了給戰

鬥的命運作證。可是，自從第三者們加入戰鬥以來，被邀者就不可能老老實實地當觀眾了，因為怕承擔缺乏感情或膽量的罪名。

借用他人的力量和膽識來捍衛自己的榮譽，這樣的做法不僅不體面，且不公正。尤其對於一個勇敢而非常自信的人來說，將自己的命運同第二個人的命運聯繫起來，是有百害而無一利的。一個人冒的風險夠多的了，怎能再為另一個人去冒險！各人靠自己的勇敢捍衛自己的生命已很艱難，怎能再讓旁人來危及寶貴的生命！

先前的人習武是用靶子，在圍牆內進行騎士比武，這是在學習戰爭。而習劍只為了個人目的，因而顯得不夠高尚，它教我們無視法律和司法而互相殘殺，每每造成巨大的損失。習武就應該習一些有利於安國定邦而不是有損於國家、不利於人民安全和國家榮譽的武藝，這才是較為合適、值得稱頌的習武。

羅馬執政官普布利烏斯·盧提利烏斯是第一個教導士兵巧妙運用武器的人，他把技巧和勇敢結合起來，不是用於報私仇，而是為了羅馬人民的戰爭。這是人民大眾的舞刀練劍。在法薩盧斯戰役中，凱薩命令他的士兵主要砍擊龐培士兵們的臉部。除凱薩外，其他許多將領也考慮過發明一種新武器，一種根據需要進行出擊和防禦的新型武器。菲洛皮門擅長格鬥，卻不贊成格鬥，因為格鬥的訓練過程同軍事訓練是格格不入的。他認為軍事訓練是正直人唯一應該感興趣的。

因此，在習武中，我們通常使用與打仗有關的武器。在柏拉圖的對話中，拉凱斯在談論與我們相似的習武方式時說，他從沒看到這樣的訓練方法造就過一個偉大的將領，而只是一些戰爭指揮官。拉凱斯的看法頗值得重視。至於劍和匕首，我們的體會已很說明問題了。至少，這是完全沒有關聯的技能。柏拉圖談到他的理想國中的兒童教育問題時，指出要禁止教他們使用拳頭（由阿密斯科和厄佩烏斯發明）和格鬥（由安泰俄斯和喀耳刻翁傳入），因為這些技巧不是為了培養青年更適應打仗的需要，對戰爭毫無幫助。

暴君們不僅想殺人，而且還要讓被殺者感到他們的狂怒，於是竭盡才智尋找延長死亡的辦法。他們要敵人慢慢死去，不要死得太快，好讓死者有時間細細品味被復仇的滋味。他們很難找到這樣的辦法，因為用刑猛烈，死得就快，相反，死得緩慢，刑罰就不會太痛苦。於是，他們在刑具中精挑細選，這樣的例子在古代不勝枚舉。

凡是超越普通死亡的東西，都是極端殘酷的。有些人儘管怕死、怕砍頭或上火刑

架，卻依然做錯事，對於這些人，我們司法機關不可能希冀用火刑、鉗烙刑或車輪刑來阻止他們犯錯誤，只能用極端的辦法。

克羅伊斯下令逮捕一個貴族，是他兄弟潘塔萊翁的寵兒，他將那貴族帶到一位製衣工的作坊，用梳毛板刷和梳子梳刮他，直到他被刮死。

喬治·塞謝爾，波蘭的農民領袖，他以討伐為名，做了罄竹難書的壞事。在一次戰役中，他被特蘭西瓦尼亞省省長戰敗並當了俘虜，赤身裸體綁在拷問架上三天三夜，遭受種種非人的折磨。在此期間，戰勝者不給其他戰俘送吃送喝，最後，趁他還活著還看得見的時候，劊子手們讓他親愛的兄弟喝他的血，他求劊子手放過他的兄弟，獨自承擔了所有罪責。接著，人們又讓二十個他最寵愛的將領用牙齒撕咬他的肉體，一塊塊吞下肚裡。等他死後，再把他剩下的軀體和內臟煮熟，讓他的其他部下吃掉。

※ **賞析**

史學家稱亞歷山大一世是一個狂暴之徒，他對待自己的對手、敵人

毫不手軟，常常是用死來懲處他的手下敗將。故國人將勇敢的頭銜頒布給他，稱他勇敢。事實上，這樣的說法是可笑的。亞歷山大的行為並非勇敢，僅僅是一種暴虐的行為，導致這種行為最終根由便是怯懦，因為他害怕斬草不除根會給自己帶來潛在隱患、禍害，為此，他必須殺掉他的對手。故此可以說，怯懦是暴虐的根由。

國家圖書館出版品預行編目（CIP）資料

精釀蒙田 38 論：歐洲北方的文藝復興隨筆集 / 林真如，劉燁 編著 . -- 第一版 . -- 臺北市：崧燁文化，2020.04
面；　公分
POD 版

ISBN 978-986-516-359-4(平裝)

876.6　　　　108022399

書　　名：精釀蒙田 38 論：歐洲北方的文藝復興隨筆集
作　　者：林真如，劉燁 編著
發 行 人：黃振庭
出 版 者：崧燁文化事業有限公司
發 行 者：崧燁文化事業有限公司
E-mail：sonbookservice@gmail.com
粉 絲 頁：　　網 址：
地　　址：台北市中正區重慶南路一段六十一號八樓 815 室
8F.-815, No.61, Sec. 1, Chongqing S. Rd., Zhongzheng Dist., Taipei City 100, Taiwan (R.O.C.)
電　　話：(02)2370-3310 傳　真：(02) 2388-1990
總 經 銷：紅螞蟻圖書有限公司
地　　址: 台北市內湖區舊宗路二段 121 巷 19 號
電　　話:02-2795-3656 傳真 :02-2795-4100　　網址：
印　　刷：京峯彩色印刷有限公司（京峰數位）
本書版權為千華駐讀書堂出版社所有授權崧博出版事業有限公司獨家發行電子書及繁體書繁體字版。若有其他相關權利及授權需求請與本公司聯繫。
定　　價：299 元
發行日期：2020 年 04 月第一版
◎ 本書以 POD 印製發行